河出文庫
古典新訳コレクション

宇治拾遺物語

町田康 訳

河出書房新社

目次

宇治拾遺物語

序

宇治大納言物語《うじだいなごん》という説話集がある。この大納言というのは源隆国《みなもとのたかくに》のこと。西宮《にしのみや》殿と呼ばれた源高明《たかあきら》の孫、大納言源俊賢《としかた》の次男である。

歳《とし》をとってからは夏の暑さを嫌い、六月から九月までの間、休暇を取り、平等院《びょうどういん》の一切経《いっさいきょう》がしまってある蔵の南、山を背負って立つ南泉房《なんせんぼう》という僧坊に籠もるのが常で、そのため、宇治大納言と呼ばれるようになった。なぜかというと、知ってると思うが、平等院は宇治にあるからである。

そこにいる間、宇治大納言は、頭のうえに束ねた髪を結い曲げて、楽な服装で板の間に筵《むしろ》を敷いて横になり、部下に大きな団扇《うちわ》で扇《あお》がせて涼んだ。

そして涼みがてら宇治大納言は、表を通行する者を、身分の上下を気にしないで庭先に呼び入れ、昔、実際にあったおもしろい話をするように言い、房内で寝そべったままこれに耳を傾け、おもしろそうな話は、その語るがまま、脚色を加えず大きな帳面に記録した。

話はいろいろ。天竺《てんじく》の話があり、唐《から》の話があり、日本の話があった。厳粛な話があるかと思えば馬鹿馬鹿しい話があり、怖い話も悲しい話もあった。穢《きたな》い話、割と嘘《うそ》っぽい話、なかなかよくできた笑い話など、本当に種々雑多であったのである。

これが世間の人に受けて、みんなおもしろがってこれを読んだ。十四冊で一揃《ひとそろ》いで、その元の帳面は隆国の子孫、侍従という役を務めた源俊貞《としさだ》という人のところにあるはずである。いまもあるだろうか。わからない。

これを書き写したものも多く出回っているが、その後、昔のおもしろい話をよく識《し》っている人が、「これも入れておこう」って感じで書き入れるなどしたため、元々の集より物語の数が多くなってしまっており、なかには、宇治大納言の時代より後の時代の、比較的、新しい話を書き入れたものもあるようである。

そんななか、最近、また新たな物語を書き加えた本が出回っている。大納言が聞いた話で書写しなかった話を集め、また、その後のおもしろい話も収録してあるらしい。

その名前は、「宇治拾遺物語」。

宇治大納言物語から洩《も》れた物語を拾い集めた、という意味で、拾遺、と名付けたのだろうか。或《ある》いは、侍従、という役職の唐名で呼ぶと、拾遺、なので宇治拾遺物語、といったのだろうか。どっちなのか。わからない。私にはなにもわからない。

道命が和泉式部の家で経を読んだら五条の道祖神が聴きに来た

これはけっこう前のことだが、道命《どうみょう》というお坊さんがいた。藤原道綱《ふじわらのみちつな》という高位の貴族の息子で、業界でよいポジションについていた。そのうえ、声がよく、この人が経を読むと、実にありがたく素晴らしい感じで響いた。というと、ああそうなの。よかったじゃん、やったじゃん、程度に思うかも知れないが、そんなものではなかった。じゃあどんなものかというと、それは神韻縹渺《しんいんひょうびょう》というのだろうか、もう口では言えないくらいに素晴らしく、それを聴いた人間は、この世にいながら極楽浄土にいるような心持ちになり、恍惚《こうこつ》としてエクスタシーにいたるご婦人も少なくなかった。

そんなことだから道命は貴族社会のご婦人方の間ではスターで、道命の周囲には道命と一夜の契りを結びたいというご婦人が常時参集して、手紙やなんかを送りまくっていた。

けれども道命はお坊さんである。いくらファンのご婦人が参集して入れ食い状態だからといって、そのなかの誰かと気色の良いことをするなんてことはあるはずがない。やはりそこは戒律を守り、道心を堅固にして生きていかなければならない。のだけれども、やはりそこはなんていうか、少しくらいはいいかなあ、というか、あまり戒律を守りすぎても、逆に守りきれないというか、そこはやはり、すべてか無か、みたいな議論ではなく、もっと現実に即した戒律の解釈というものが必要、という意見も一方にあるため、道命としてもこれを無視できず、少しくらいの破戒はやむを得ないという立場をとって、必要最低限度の範囲内で女性と遊んでいた。ただし、道命くらいに持てる僧だと、必要最低限度といっても、その値は結構大きく、普通の人から見れば完全にエロ坊主、という域に達していた。

そんな状況のなかで、道命が夢中になっていた女性がいた。和泉式部《いずみしきぶ》という女性で、おそらく彼女はその頃、生きていた女のなかで最高にいい女だった。そして、ただいい女というだけではなく、そそる女だった。色気のある女だったのである。それもただの色気ではなく、壮絶なほどの色気で、彼女を見た男は貴賤《きせん》を問わず頭がおかしくなり、また、ムチャクチャになった。死んだ者も少なくなかった。道命もまたそうで、普通であれば、ひとりの女のところに複数回通うということはなく、一回でやり捨てに捨てたが、和泉式部のところに限っては何回も通っていた。

そしてその日も道命は和泉式部の家へ行った。そしてすぐに交接を始め、し終わって疲れ果てて眠ってしまったのだけれども、どういう訳《わけ》か夜中に目が覚め、なにかバランス感覚のようなものが働き、こういうことをした後はやはり尊いお経を読んでおくべきだ、と思ったのかどうか知らないけれども、法華経《ほけきよう》を読誦《どくじゆ》し始めた。いい感じで八巻を全部読むともはや暁方《あけがた》、さすがに睡《ねむ》くなってウトウトしかけたとき、すぐ側に誰か居るような感じがしたので、「そこに居るのは誰ですか」と問うたところ、「私は五条西洞院《ごじようにしのとういん》に住む年寄りです」と言った。五条西洞院に住む年寄り、ということは京の五条の道祖神だということが道命にはすぐにわかった。

そこで道命は問うた。

「これ。どういうこと？」

五条の道祖神は答えた。

「今夜、あなたの読む素晴らしいお経を聴いたことは生まれ変わっても忘れられないでしょう」

道命はなにを大層なことを言っているのだ、と思い、また、ベンチャラを言っているのではないかと疑い、しかし、もし本当にそう思っているとしたら嬉《うれ》しいことだ。

ぜひ、本音のところを知りたい、試してみよう、と思って言った。

「別に法華経だったら普段からフツーに読んでますよ。それをこんな夜中に、しかも女の家に来てそんなことを言うのはなぜでしょうか」

そう問われた五条の道祖神は以下のごとくに答えた。

「へえ。それはそうでしょうが、あなたの読むお経は尊い。あまりにも尊い。だからあなたの方からは見えないかも知れないけれど、それはすごい人たちが聴きにいらっしゃってるんです。どんな人って、帝釈《たいしやく》様とか梵天《ぼんてん》様とか、そうですよ。インドからわざわざです。そうです。向こうでもトップクラスの人たちです。だから僕ら地元のしかも下《した》っ端《ぱ》の人間はとてもじゃないけど同席なんてできない。けど、今日はほら、綺麗《きれい》な女の人とぐしゃぐしゃして、そのまま身体も洗わないまま、口もゆすがないまま読み始めたじゃないですかあ。だから、あのすごい人たちも、お経が聞こえた、そのときは来る気満々で、実際、途中まで来たのですが、それに気がつくと、うわっ、きたなっ、と言って帰ってしまったんです。それを見ていた私は、好機到来、とて慌ててやってきたんですよ。女とやりまくった穢《きたな》い身体で尊いお経を読んでくれてありがとうございました。本当にありがとうございました」

五条の道祖神がそう言って頭を下げるのを見て道命は言った。

「ぶへえ」

五条の道祖神は本気で礼を言ったのだろうが、道命にとっては痛烈な皮肉に聞こえたのである。という訳で、お経を読む際は、ちょっと仮読みするときでも、身を浄《きよ》めて読むべきである。「念仏・読経。四威儀《しいぎ》をやぶること勿《なか》れ」と恵心僧都《えしんそうず》も言っている。

（第一話）

奇怪な鬼に瘤《こぶ》を除去される

これも前の話だが、右の頬に大きな瘤《こぶ》のあるお爺《じい》さんがいた。その大きさは大型の蜜柑《みかん》ほどもあって見た目が非常に気色悪く、がために迫害・差別されて就職もできなかったので、人のいない山中で薪《たきぎ》を採り、これを売りさばくことによってかろうじて生計を立てていた。

その日もお爺さんはいつものように山に入って薪を採っていた。いい感じで薪を採って、さあ、そろそろ帰ろうかな。でも、あと、六本くらい採ろうかな、など思ううちに雨が降ってきた。ああ、雨か。視界の悪い雨の山道を歩いて、ひょっ、と滑って谷底に転落とかしたら厭《いや》だから、ちょっと小やみになってから帰ろうかな、と暫《しばら》く待ったのだけれども、風雨はどんどん激しくなっていって、帰るに帰れなくなってしまった。

そこでやむなく山中で夜を明かすことにして、広場のようなところに面した大木の洞《うろ》に這《は》い込んで膝を抱えた。

夜の山中は真の闇で、人間の気配はまるでなく、魑魅魍魎《ちみもうりよう》の気配に満ちて恐ろしくて恐ろしくてならなかったが、どうすることもできなかった。

眠ることもできないまま膝を抱えていると、遠くから大勢の人の話し声が聞こえてきた。

やったー、人だ。捜索隊が派遣されたのだ。よかったー。「おーい、僕はここだよー」と叫ぼうとして、お爺さんは寸前で思いとどまった。

この暗闇から、この不気味な顔を、ぬっ、と突きだしたら、それこそ変化《へんげ》のものと思われて撲殺されるかも知れない。なので近くまで来たら、小声で自分は奇妙な顔ではあるが人間である、と説明しながらそっと出て行こう、と思ったのである。

しかし、それは賭けでもあった。なぜなら、捜索隊がお爺さんのいる方に近づいてくるとは限らず、明後日《あさって》の方向へ行ってしまう可能性もないとはいえなかったから。

でもまあ、そうなったら、つまり声が遠ざかっていくようであれば、そのときは声を限りに叫ぼう、そう思ってお爺さんが辛抱強くしゃがんでいると、幸いなことに声はずんずん近づいてきて、ああよかった。誰が来てくれたのだろう、見知った人であればよいが、と木の洞から少し顔を出して覗《のぞ》いて、お爺さんは驚愕《きようがく》した。

お爺さんのいる木の洞に向かって歩いてくるのは捜索隊ではまったくなく、鬼の集まりであったからである。

その姿形たるやはっきり言ってムチャクチャであった。まず、皮膚の色がカラフルで、真っ赤な奴《やつ》がいるかと思ったら、真っ青な奴もおり、どすピンクの奴も全身ゴールドというど派手な奴もいた。赤い奴はブルーを着て、黒い奴はゴールドの褌《ふんどし》を締めるなどしていた。顔の造作も普通ではなく、角は大体の奴にあったが、口がない奴や、目がひとつしかない奴がいた。かと思うと目が二十四もあって、おまえは二十四の瞳か、みたいな奴もおり、また、目も口もないのに鼻ばかり三十もついている奴もいて、その異様さ加減は人間の想像を遥《はる》かに超えていた。

そんな奴が百人ほど、昼間のように明るく松明《たいまつ》を灯《とも》し、あろうことか、お爺さんの隠れている木の洞の前に座って、お爺さんはもはやパニック状態であった。

どうやら鬼はそこで本格的に腰を据えて宴会をするらしかった。いつしか雨はやんでいた。

リーダー、って感じの鬼が正面の席に座っていた。そのリーダー鬼から見て右と左に一列ずつ、多数の、あり得ないルックスの鬼が座っていた。

見た目はそのように異様なのだけれども、おもしろいことに、杯《さかずき》を飛ばし、「ままままま」「おっとっとっ」「お流れ頂戴《ちょうだい》」なんてやっているのは人間の宴会と少しも変わらなかった。

暫くして酔っ払ったリーダーが、「そろそろ、踊りとか見たいかも」と言うと、末席から、不気味さのなかにどこか剽軽《ひょうきん》な要素を併せ持つ若い鬼が、中央に進み出て、四角い盆を扇のように振り回しながら、ホ、ホ、ホホラノホイ、とかなんとか、ポップでフリーな即興の歌詞を歌いながら、珍妙な踊りを踊った。

リーダーは杯を左手に持ち、ゲラゲラ笑っており、その様子も人間そっくりで、酔っ払って油断しきった社長のようであった。

それをきっかけに大踊り大会が始まってしまって、下座から順に鬼が立って、アホーな踊りを次々と踊った。軽快に舞う者もあれば、重厚に舞う者もあった。非常に巧みに踊る鬼もいたが、拙劣な踊りしか踊れない鈍くさい鬼もいた。全員が爆笑し、全員が泥酔していた。

その一部始終を木の洞から見ていたお爺さんは思った。

こいつら。馬鹿なのだろうか?

そのうち、芸も趣向も出尽くして、同じような踊りが続き、微妙に白い空気が流れ始めた頃、さすがに鬼の上に立つだけのことはある、いち早く、その気配を察したリーダーが言った。

「最高。今日、最高。でも、オレ的にはちょっと違う感じの踊りも見たいかな」

リーダーがそう言うのを聞いたとき、お爺さんのなかでなにかが弾《はじ》けた。

お爺さんは心の底から思った。

踊りたい。

踊って踊って踊りまくりたい。そう。私はこれまでの生涯で一度も踊ったことがなかった。精神的にも肉体的にも。こんな瘤のある俺が踊るのを世間が許すわけがない、と思うまでもなく思っていて、自分のなかにある踊りを封印してきたのだ。けれども、もう自分に嘘《うそ》をつくのは、自分の気持ちを誤魔化すのは嫌だ。私はずっと踊りたかったのだ。踊りたくて踊りたくてたまらなかったのだ。いまそれがやっとわかったんだ！

そこでお爺さんは飛んで出て踊っただろうか。もちろんそんなことはできるわけがなかった。というのは、そらそうだ、そこにいるのはとてもこの世のものとは思えぬ異類異形《いぎよう》。そいつらが宴会をやっているところへ人間が闖入《ちんにゆう》するなどしたら瞬殺に決まっている。

お爺さんは歯を食いしばって耐えた。ああ、踊りたい。でも殺されたくない。

葛藤するお爺さんの耳に、カンカンカカーンカンカンカカカーン、と鬼が調子よく奏でるパーカッションが心地よく響いていた。

ああ、やめてくれ。自然に身体が動いてしまう。

一瞬、そう、思ったが、もう駄目だった。気がつくとお爺さんは木の洞から踊りながら飛び出していた。

悪霊に取り憑《つ》かれたか、なんらかの神が憑依《ひょうい》したとしか考えられない所業だった。そのときお爺さんは思っていた。

いま踊って死ぬなら、死んでもよい、と。あのとき我慢しないで踊ればよかった、と後悔したくない、と。

楽しく飲んでいたところに突然、ぼろい帽子を被《かぶ》り、腰に斧《おの》を差した身元不明の老人が現れたので、その場に緊張が走った。「なんだ、てめぇ」と、何人かの鬼が立ち上がった。

けれども、踊ること以外、なにも考えられない状態のお爺さんは気にせず踊った。踊りまくった。うんと身体を縮めたかと思うと、気合いとともにビヨヨンと伸びたり、身体を海老《えび》のように曲げたり、ときに娘のように腰をくねらせ、指先の表現にも細心の注意を払い、ときにロックスターのように律動的な文言《もんごん》で観客を煽《あお》りながらステージ狭しと駆け回ったり、と、伸縮自在、緩急自在、技《わざ》、神《しん》に入《い》って、お爺さん、一世一代の名演であった。

その、あまりのおもしろさ、味わい深さに、初めのうちは呆気《あっけ》にとられていた鬼であったが、次第にお爺さんの没我入神の芸に引き込まれ、踊りまくったお爺さんがフィニッシュのポーズを決めて一礼したとき、全員が立ち上がって手を拍《う》ち、ブラボウを叫んだ。

ことにリーダーの鬼が気に入った様子で、鬼は進み出てお爺さんと頭のうえで手を打ち合わせ、その小さな軀《からだ》を抱きしめてから、お爺さんの手を取り、その瞳を見つめて言った。

「長いこと踊り見てきたけど、こんな、いい踊り初めてだよ。次にやるときも絶対、来てよね」

踊りの興奮がまだ残っているお爺さんは息を弾ませつつ言った。

「はい。絶対、また呼んでください。みんなが喜んでくれたのはすごく嬉《うれ》しいんですけど、自分的にはまだ納得できてない演技がいくつかあって、今回、急だったんでアレですけど、気に入ってもらって、また、呼んでもらえるんだったら、次こそ完璧な演技をしたいんで」

「さすがだよね。あれだけの踊りやって、まだ、反省するとこあるっつうんだから。絶対、来てね」

そう言ってリーダーがまたお爺さんを抱きしめたとき、序列三位の幹部級の鬼が言った。

「リーダー、口は重宝と言いますよ。いまはそう言ってるけれども来ないかも知んねぇでしょ。絶対来るようにしておく必要なくなくないですか」

「あ、そっか。だよね。オレは来てほしいけど、この人には来る理由はないもんね。うーん、と、うーと、どうすっかなあ。あ、じゃあさあ、出演料払う、ってのはどう？　例えば、おめぇ、鼻、三十あんじゃん？　それを三つか四つ、この人につけてあげるとか」

「嫌ですよ。それに、それだったら、もうこれ以上鼻は要らない、と思ったら来ないじゃないですか。だからそうじゃなくて、逆にこの人の大事なものをこっちで預かって、来ないと返さないよ、ってことにするといいんですよ」

「なるほどね。でも、それって極悪じゃね？」

「踊り見たくないんですか」

「見たい。絶対、見たい」

「じゃあ、極悪でもしょうがないじゃないですか」

「だね。じゃあ、ええっと、みんな考えて。なにを預かればいいと思う？」

リーダー鬼がそう言って、みなで考え、斧、衣服、財布、煙草入れ《たばこいれ》、燧石《ひうちいし》、帽子、各種カード類など、様々に意見が出たが、どれも、本当に大事なものか、というと、そうでもなさそうなものばかりで、決め手を欠き、一同が考えあぐねているとき、リーダーが突然に、「瘤だよ」と言った。

「なんすか」

「だからほら、あの人の頰にある瘤だよ。おまえだって、その鼻、一個でも取られたらやっぱ嫌でしょ」

「嫌ですね」

「オレだって、このおでこの陰茎、六本あるけど取られたらやっぱ嫌だもん。じゃあ、そうね、やっぱ瘤いこう、瘤」

リーダーがそう言い、何人かの鬼が瘤を取ろうとして近づいてきたとき、お爺さんは内心で、やったー、と思っていた。永年、自分を苦しめてきた瘤を除去してもらえる。こんな嬉しいことはない、と思ったのである。

しかし、鬼の剣呑《けんのん》な相談事を聞くうちに踊りの興奮から覚め、日頃の用心深さを取り戻したお爺さんは、ここで嬉しそうにしたらまずい、と思った。なぜなら、自分が瘤を大事と思っていないことを、どうやら身体のパーツを自在に取り外しできるらしい鬼に知られたら、別の、本当に取られたら困る、目や鼻や口を取られるおそれがある、と思ったからである。そこでお爺さんは、心の底から困る、という体《てい》で言った。

「あー、すんません。この瘤だけは困るんです。そんなことしなくても私は来ますよ。だって踊りたいんですもん。でも、どうしても信用できない、って言うんだったら、目か鼻にしていただけないでしょうか。この瘤は私が若い頃からずっと大事にしてきた瘤なんです。それを、踊りが見たいから取る、って、それはあんまり、っていうか、はっきり言ってムチャクチャな論法じゃないですか」

お爺さんが縷々《るる》、訴えるのを聞いて嬉しそうにリーダーが言った。

「ここまで言うんだからマジじゃね？　やっぱ、瘤、いこうよ、瘤」

何人かの若い鬼がお爺さんに駆け寄り、後ろに立った者が軀を押さえつけ、前に立った者が手を伸ばして瘤をねじ切って取った。

お爺さんは覚悟していたが不思議と痛みがなかった。

「じゃあ、絶対、来てね。連絡するから」

言い残し鬼たちは帰っていった。チュンチュラ、と鳥が鳴いた。気がつけば暁方《あけがた》であった。

夢のような出来事だった。もしかしてマジで夢？　そう思ったお爺さんは右の頬に手を当てた。そこに瘤はなく、拭い去ったようにツルツルであった。このことを誰よりも早く妻に知らせたい、と思ったお爺さんは伐採した薪を木の洞に残したまま中腹の家に飛んで帰った。

お爺さんの顔を見て驚愕した妻は、いったいなにがあったのです？　と問い糺《ただ》した。お爺さんは自分が体験した不思議な出来事の一部始終を話した。妻はこれを聞いて、「驚くべきことですね」とだけ言った。私はあなたの瘤をこそ愛していました。と言いたい気持ちを押しとどめて。

そんなことでお爺さんの瘤がなくなった。それを見て、いいなー、と思った人がいた。

お爺さんの家の隣に住むお爺さんである。嘘のような偶然なのだけれども、事実は小説よりも奇なり、この隣に住むお爺さんの左の頰にはお爺さんの瘤とまったく同様の瘤があった。そしてお爺さんと同じように瘤があることによって迫害・差別されていた。

なので、ある日以降、お爺さんの頰より瘤が拭い去ったようになくなり、すっかり快活な人間になって就職活動などしているのを見て、自分も同じくなくしたい、と思ったのである。そこで何日か後に隣のお爺さんはお爺さんの家に行った。

「すんません」

「はいはい、ただいま。ああ、どうもどうもどうも。どうしたんですか。改まって」

「実はお伺いしたいことがござりまして罷《まか》り越したようなこってございますます」

「へりくだり過ぎてなにを言うてるかわからないんですけど、どうしたんですか」

「いや、あのすみません。それでは単刀直入に申し上げます。実はそのお、ま、このお、瘤のことなんですけどね、どこで手術したんですか」

「はあ?」

「いや、だから、とぼけんでもいいじゃないですか。教えてくださいよ。僕も瘤を取りたいんですよ」

「あ、なるほどこれですか。これはお医者さんに取ってもらったんじゃないんです。実は……」

こうこうこうこうこうこういうことがあって……、とお爺さんは自らの奇怪な体験を隣のお爺さんに話した。普通の人間だったら、そんな恐ろしい体験は絶対にしたくない、と思うのだけれども、隣のお爺さんは瘤を取りたかった。取りたくて取りたくて仕方なかった。なので、自分も同じように奇怪な鬼と遭遇し、同じように踊り、同じように瘤を取ってもらいたい、と願い、事の次第・子細をお爺さんから聞き出した。

そして夕方になるのを待ち、お爺さんの言っていた洞のある大木が生えている広場に出掛けていき、木の洞に這い込んで鬼の来るのを待った。したところ。

暫くすると本当に鬼が来て、隣のお爺さんは座ったまま小便を垂れ流した。話に聞いていた以上に鬼どもの姿形が奇怪で恐ろしげであったからである。

息を潜めて眺めていると鬼たちは、これも話に聞いていたように宴会を始めた。早くも踊り始める者もあった。けれどもリーダーはそわそわして、あたりを見回し、

「あれ？　お爺さんどこ？　お爺さん、来てないの？」とお爺さんばかり気にしている。

隣のお爺さんは、とても出て行けるものではない。こんなところに出て行くなんて死にに行くようなものだ、と、そう思って木の洞のなかで手で頭を隠し、軀を屈めて隠れていた。そのとき、お爺さんの左の肘に触れるものがあった。

瘤であった。お爺さんは、この瘤がある限り、俺は一生、暗闇で震えているしかな

い。膝を曲げ、腰を曲げ、両の手で頭を覆い隠し、泥と小便にまみれて震えているしかない。おまえはそれでいいのか？　本当にいいのか？　あのお爺さんのように快活な人間になりたくないのか？　なろうとは思わないのか？

そう思ったお爺さんは洞から這いだし、ゆっくりと立ち上がった。ゆっくりと立ち上がって鬼たちの方に向かってよろよろ歩いて行った。

「あ、お爺さんだ。リーダー、お爺さんが来ました」

「マジい？　あ、ほんとだ。ほんとに来てくれたんだね。ありがとう。じゃあ、とりあえず踊ってよ。あれからずっと見たいと思ってたんだよ」

言われてお爺さんは真摯《しんし》に踊った。けれどもそれは、先般、踊ったお爺さんの踊りとは比べようもなく拙劣な踊りであった。

というのは当たり前の話で、前のお爺さんは、踊りたい、と心の底から思って踊った。けれどもこのお爺さんは踊りは二の次、三の次で、瘤を取りたい、と思って踊っており、そうしたものは観客にすぐに伝わるものである。けれども、自分は真面目にやっている、真剣にやっている、と信じている隣のお爺さんにはそれがわからず、盛り上がりに欠けた一本調子の、おもしろくもなんともない独善的な踊りを延々と踊り続けた。

そして、前のお爺さんと同じレベルの芸を期待していた鬼たちは白けきっていた。特にリーダーの落胆ぶりは甚だしく、「ぜんぜん、駄目じゃん」と言って首を揉《も》んだり、顔をしかめて頭をこするなどして、まったく踊りを見なかった。

もちろん、別人なのだから能力が異なるのは当たり前なのだけれども鬼から見れば人間のお爺さんは、みな同じ人に見えた。

にもかかわらず、自分の瘤のことばかり考えていて、そうした観客の発する気配を察することのできないお爺さんは踊りをやめず、痺《しび》れを切らしたリーダーはついに、もう、いいよ、と言った。

「もう、いいよ。見てらんない。なんか、小便臭いし。瘤、返して帰ってもらってよ」

「了解」

やはりお爺さんの踊りに辟易《へきえき》していた、末席にいた鬼が袋からお爺さんの瘤を取り出し、踊るお爺さんめがけて投げた。

ぶん。音がして瘤が飛んだ。

なんらの情趣も情感も感じられない、腰痛持ちが田植えをしているような所作から、ウントコウントコ、ドッコイショ、と、軀を伸ばし、両の手を天に向けてヒラヒラさせ、爪先だって回転しようとしていたお爺さんは、突然、打撃されたような衝撃を右頬に感じ、その場に転倒した。

ペッペッペッ。土を吐いて立ち上がったお爺さんのその左右の頬に醜い瘤が付着していた。あれほど嫌だった、これまでさんざんお爺さんを苦しめてきた瘤が二倍になってしまったのである。その顔は、「だからやめとけ、つったじゃん」と言ってないけれども言いたくなるような滑稽で無様《ぶざま》な顔であった。

あいつにできたのだから自分もできるはずと信じ込んで行動すると、やはり手ひどい失敗をするらしい。そのあたりに気をつけて生きたいものだ。

（第三話）

伴大納言のこと

これもけっこう前の話だが、後の伴大納言善男《とものだいなごんよしお》はその頃、佐渡国《さどのくに》の郡司、というのはその地方のトップの人、の使用人として働いていた。ある日、伴善男は、自分が西大寺《さいだいじ》と東大寺をまたいで立っている夢を見た。西大寺と東大寺は六キロかそれくらい離れており、これをまたいで立つということは、身長が一万五千メートルくらいある巨人ということで、それくらい身長があるので、夢の中で伴善男は日本地図そのままに日本を見て、さらに日本海を隔ててユーラシア大陸までをも見た。

そのあまりのスケール感に驚愕《きょうがく》した伴善男は自分の女に夢の内容を話した。なぜなら女は教養はない田舎の女ではあったが、夢判断のようなことができたからである。

夢の話を聞いた女は感情を交えない棒読みのような口調で、「それは将来あなたの股が裂かれる、という意味ですよ」と言った。それを聞いた伴善男は、股が裂かれたらどんなにか痛いだろう、と恐怖し、また、夢の内容を女に話したことを悔いた。

そこで伴善男は主君の郡司のところに行き、自分はこんな夢を見た。という話をした。なぜかというと、既に女に話してしまった以上、女の口から夢の話が世間に洩《も》れ、それが回り回って、自分がそんな大それた、異様な夢を見た、ということが主君に伝わると、こいつは俺をなめてる、と誤解され、どえらい目に遭わされるおそれがあり、他意はないということを伝えるためには、まず自分から申告しておかなければ、と考えたからである。もちろん、女に言わないのが一番よかったのだが、もう言ってしまった以上、伴善男はそうするより他に手立てがなかったのである。

そしてその郡司は非常に高い人相鑑定能力を持っていた。伴善男の話を聞いた郡司は、日頃はそんなことは絶対にしないのに、急に伴善男を手厚くもてなし、とんでもない身分違いであるのにもかかわらず、藁でできた丸いマットを持ち出して、自分と対座するように、ということは同列に並ぶように、言い、これにいたって伴善男は、おかしい、絶対、なんかウラある。と思った。

身分のまったく違う俺を自分と並んで座らせてもてなす、ということは俺をいい気にさせておいて、油断したところを見計らって、「なに大それた夢、見とんじゃ、奴《ど》アホ。そんな夢、見るちゅうことは私に逆らって私を殺す、というようなことを考えている証拠に決まっている。ならば、おまえの女の言うように、股を裂いてこましたるわ。切れ痔《じ》の一億倍痛いぞ」など言って俺の股を裂くのだろう。いみじきことだ。

伴善男がそう思って恐れていると、郡司が言った。

「あなたは、あり得ないくらい水準の高い、尊い夢を見ました。にもかかわらず、あなたはそれをつまらない人間にうかうかと話してしまった。よってあなたはいずれ考えられないくらい高い位に昇りますが、やがて罪を犯してその地位を失うでしょう」

その後、伴善男は縁あって京都に行き、中央政界に進出して大納言という高位に昇ったが、やがて罪を受けて失脚した。郡司の言ったとおりになったのである。

（第四話）

中納言師時が僧侶の陰茎と陰嚢《いんのう》を検査した話

これもかなり前のことだが、その頃、中納言師時《ちゅうなごんもろとき》という人がいて、その人の家に僧がやってきた。異様に黒く丈の短い墨染めの衣を着たうえに、不動袈裟《ふどうげさ》という、首から掛ける式の簡略化した袈裟を掛け、ムクロジの実をつないで拵《こしら》えた数珠を指に絡めて持っていた。

その外見から、彼は国家に認められた正規の僧ではなく、修験《しゅげん》・修行系、インディーズ系の僧侶であることが誰にでもわかった。

そんなインディーズ系の僧が呼ばれもしないのに中納言の家の庭にずかずか入ってくるのはおかしいし、むかつくので、中納言師時が、「あなたはなんですか。どういう訳《わけ》でここに入ってきたのですか」と問うた。したところ、その僧は、まるで自分が悲劇の主人公であるかのような、低く呟《つぶや》くようなのだけれども、非常に押しつけがましく、鬱陶しい感じの口調で言った。

「僕はこの世の中を仮の世の中だと思ってます。そして僕はそんな仮の世の中を人間がこの世の始まりから今にいたるまで、そして未来永劫《みらいえいごう》、ずっと輪廻《りんね》して苦しむことに耐えられなかった。だから僕は考えた。なんで人間は輪廻し続けるのか？　苦しむことがわかっているくせになんで生き死にを繰り返すのか？　って。それでわかったんです。結局は煩悩だ、ってね。僕たちは煩悩、それから逃れられないから輪廻転生を繰り返すんですよ。苦しみ続けるんですよ、だったら。……ごめんなさい、大きな声出して。だったら僕はいっそ、その煩悩を切り捨ててしまおう、とこう思ったんですよ。で、実際に僕は僕の煩悩を切り捨てた。すべては生死の境、無意味な輪廻から脱出するためなんです。僕はそれを伝えにやってきました」

それを聞いた中納言が言った。

「ちょっと言ってる意味、わかんないんだけど、煩悩を切る、ってどういうこと？」

問われた僧侶は、

「ははは、わからないでしょうね、あなたには。じゃあ、見せてあげましょう。さあ、これをご覧なさい」

と言うと、僧侶は袈裟の前を、ばっ、とまくった。一同は驚いた。

そこにあるべきはずの陰茎がなく、ただ、陰毛だけが黒々と生えていたからである。

つまり、煩悩、つまり、性欲を捨てるため、この僧は陰茎を切除したのであり、なんという思い切った、なんという大胆なことをするのだ、と一同は驚き呆《あき》れ、と同時に、この僧を尊敬する気持ちも生まれ、そこまでしたのであればこの人はやはり聖人で、この際、やはり中納言家としてはなんぼか布施をせぬとあかぬのではないか、供養をせねばあかぬのではないか、と思った。

中納言その人もこれには驚き、「なんちゅうことだ」と言いながら、僧の股間を凝視していたが、やがて、陰毛の下に垂れ下がっている睾丸《こうがん》が異様に膨らんでいるのに気がついた。

そこで中納言は、「おい、ちょっと来い」と、人を呼んだ。

「はいっ」と答えて二、三人が駆け寄ってきた。その二、三人に中納言は言った。

「あの法師の手足を左右から引っ張って広げてみなさい」

「かしこまりました」

そう答えて男たちが駆け寄り、左右から手足を引っ張ろうとすると、僧は、取り澄ました顔をして、ナムアミダブツ、と唱え、「さあ、どうぞ、お好きなようになさってください」と静かな口調で言い、まるで殉教者気取りで両手両足を広げ、瞑想《めいそう》するように目を閉じた。

「足を引っ張って広げなさい」

という中納言の命令で男たちが左右からその足を引っ張って広げ、また左右から手を取って引っ張って、僧は立ったまま大の字の形になった。

そのうえで中納言は、若い、十二、三歳の少年を呼び、「あの、法師の股間をまさぐったり、こすったりしなさい」と命じた。

なんのこっちゃわからないが、直感的に言われていることがわかった少年は、女の指のように小さく、柔らかく、白い指で僧の股間をまさぐり、優しくこすった。

暫《しばら》くして、僧はことさら厳粛な顔つきで、「さあ、こするのはもうおよろしいでしょう」と、余裕をかました感じで言った。しかし、その語尾がかすかに震えている、そこで中納言は、「いい感じになってきたようです。それ、もっとこすりなさい、それそれ」と、けしかけた。したところ僧は「ああ、もう、これ以上、無理無理、やめて、マジ、無理」と言った。さっきまでの、いかにも聖人めいた声とはぜんぜん違う、悲鳴のような声だった。もちろんだからといって少年はやめるわけはなく、逆に、「なんか楽しくなってきた」とか言いながらノリノリでさすり続けると、ついに陰毛のなかから怒張した巨大な陰茎が飛び出し、勢い余って下腹にぶつかってパンという音を立てた。

そのあまりに間抜けな様子に中納言を始め、その場にいた全員が笑った。腹筋の痛みにのたうち回る者も多くあった。そして、僧本人も、もうこうなったら笑うしかなく、陰茎を怒張させたままゲラゲラ笑っていた。

この僧は陰茎を陰囊《いんのう》でうまいこと包み込み、その上に糊《のり》で毛を貼り付け、見た感じ陰茎がないようにして、煩悩を切除した、とか言って金品を騙《だま》し取ろうとしていたのである。馬鹿としか言いようがない。

（第六話）

源大納言雅俊が童貞の僧に鐘を打たせようとしたら……

これも割と前の話だが、京極《きょうごく》の源大納言雅俊《げんのだいなごんまさとし》という人がいて、この人は仏事、すなわち、僧に来てもらって経や解釈を読んでもらったり、問答をしてもらったりといった仏教のイベント、を熱心にする人で、そのためにはお金やなんかも惜しまなかった。

そういう儀式をする際、大事になってくるのはどんな僧が来るかで、やはり来る僧の徳の高さによって儀式の効能というか、効き目が違ってくる。もちろん徳が高い方がよいのである。

そのときも大納言はなるべく徳の高い僧に来てもらいたいと考え、寺の方に、「今回は一生不犯《いっしょうふぼん》の清僧をお願いします」という注文を付けた。どういうことかというと、不邪淫戒をこれまで一度も破ったことのない僧、あからさまに言えば、これまで一度も性交をしたことがない僧を頼んだ訳《わけ》である。

しかしこれはなかなか難しい注文で、それが邪淫かどうかは別として、僧と雖《いえど》も人間である以上、淫欲というものがあり、そこはやはりどうしても一回、いや、二回、いや、十回か二十回くらいは破戒をしてしまいがちだからである。

しかしまあ、大きな寺なので真面目な僧も何名かはあり、そのなかでも特に真面目な、というかもう真面目を通り越してクソ真面目な僧を選んで大納言の仏事の導師を務めさせることにした。

そして当日、その真面目な僧がしずしず入ってきて、ご本尊の前の、一段高くなった席に座った。

さあ、これからいよいよ厳粛な儀式が始まる。そう思って一同は、真面目な一生不犯の僧が鐘を打つのを待った。まず導師たるその僧が仏前で鐘を打ち、その後、経や解釈を読んだり、質疑応答をしたりするのである。

ところが、席に着き、鐘を打つための撞木《しゆもく》を持ったその僧が、一瞬はっとしたような表情を浮かべたかと思ったら、それから、打とうとして打たずに中途でやめる、ということを繰り返して、ちっとも鐘を打たない。

鐘を打たないことには仏事が始まらない。人々も大納言も、どうしてしまったのだろう、と思っていると、この真面目な一生不犯の僧は、下を向いたまま震える声で、「あのお……」と言って言い淀《よど》んで撞木を見つめ、それから決心したようにみなの方を向いて言った。

「私、あの、一生不犯ということで呼ばれてるんだと思うんですけど……」

「そやがな。一生不犯と違うのかいな」

「いえ、不犯です。間違いなく、不犯です。ただ……」

「ただ、なんやねん」

そう問われて真面目な僧は、

「千摺《せんずり》はどういう扱いになるのでしょうか」

と、半泣きで言った。

全員が爆笑して、うち何人かの顎が外れた。ひとしきり笑った後、ひとりのふざけた侍が進み出て、「回数によって違ってくると思いますが千摺は何回くらいしたのでしょうか」と問うたところ、真面目な僧が、「毎日です。昨日の晩もしてしまいました」と生真面目に答えたので、また全員が爆笑し、何人かの腹筋が崩壊した。真面目な僧はいたたまれなくなってその場から遁走《とんそう》し、仏事はメチャクチャになった。うく く。


（第十一話）

小藤太が娘聟に驚かされた話

これもけっこう前の話になってしまうが、源大納言定房《げんのだいなごんさだふさ》という偉いさんのスタッフのなかに藤原小藤太《ことうだ》という人がいた。同僚の女性と結婚して娘ができ、この娘も成長の後、大納言定房さんのスタッフとなった。

つまり一家全員が大納言定房のスタッフということで、一家は定房の邸宅の何部屋かを居住スペースとしていた。

また、この小藤太という人は、大納言定房のスタッフのなかでも幹部クラスというか、長いこと勤務して、事実上、実務のトップのような立場になっていたので、一般のスタッフの三倍も四倍も偉そうにしていた。

さて、そのスタッフをしている娘のところに夜ごと忍び込む若い男があった。まあまあの家の息子であったらしい。

というと、なにか怪《け》しからぬことをしているように聞こえるが、そうではなく、あの頃はそんなのがいくらもあった。というか、それが割と一般的な結婚形態だった。日が暮れてから女性の家に来て、夜の間、ぐちゃぐちゃして、明け方に帰っていくのである。これを称して通い婚という。

だから、その日も夕方になってから、その若い男は娘の部屋にやってきた。そして、夜通し、ぐちゃぐちゃして、さあ、明るくなってきたので帰ろう、と縁先に出ると雨が降っていた。それもけっこう激しく。

困ったなあ。日中、女の家でグズグズしているところを誰かに見られたら、ださい奴《やつ》、という評判が広がってしまう。できればそれは避けたい。でも、この雨のなかを帰るのはちょっと無理だし。仕方ない。止《や》むまで部屋から一歩も出ずに寝ていよう。

そう判断した若い男は縁側に面した娘の部屋でそのまま寝ていた。

そうするうちに娘は仕事があるので部屋から出ていった。ひとり取り残されてすることもない男は、ひょっと誰かが戸を開けるかも知れず、そうすると昼間、女の家で寝ている残念な奴、と思われるので用心のため、布団の周りに屏風《びょうぶ》を引き回して寝ていた。

雨が止むことなく降り続いていた。

このとき、男にとっては義理の父にあたる小藤太は、この前後の事情をすべて察知していた。なぜか。娘がそう告げたからか。「お父さん。あの人、雨に降り籠められて私の部屋で寝てるのよ。けっこうださいわよね」などと。

いや、そうではなかった。

苟《いやしく》も大納言家の実務を取り仕切る者である。それは、そんなことも察知できないようでは到底、務まる仕事ではなかった。そのうえで様々の細かい気遣い・配慮をする。それが家司《けいし》という仕事の本質と小藤太は心得ていた。そう、小藤太は理由もなく威張っているのではなく、実は、きわめて有能な男であったのである。

なので、この際も細かい気遣いをした。

しかしそれは主人である大納言定房に対する配慮ではなく、愛する娘の大事な聟に対する配慮であった。

小藤太は思った。

若い者が狭い部屋のなかでじっとしているのはさぞかし退屈なことだろう。けれどもだからといって無闇に部屋から出るわけにはいかない。というのは、そんなことをして誰かに姿を見られたら、昼間から嫁の実家をブラブラしている鈍《どん》くさい奴、と思われるからだ。そういう場合はどうしたらよいだろう。そう、酒だ。酒を飲んでいると頭が馬鹿になって、意味なくおかしくなったり、うれしくなったりする。なので酒を持っていってやろうと思うが、さあ、これを女性スタッフに頼むことはできない。なぜなら、持っていった女性スタッフが彼を目撃するからだ。別にいいじゃないか。よくないよっ。というのは、これはあくまでも一般論だが、女性というのは男性よりも口が軽いとされている。言わないでね、と言ってもランチの際などに喋《しゃべ》ってしまうリスクはきわめて大きい。なのでこの際は、そう、僕が自ら酒肴《さけさかな》を調《ととの》え、自ら運ぶ必要がある。

大事の聟の立場を慮《おもんぱか》り、そのように判断した小藤太は片手に料理が載った四角い盆を持ち、もう一方の手に酒をなみなみと満たした小鍋形の容器をぶら下げ、誰にも会わぬように留意しながら、そろそろ庭に面した縁側を進んで行った。もちろん、人に会ったときは、これは自分用である、と言《い》い訳《わけ》するつもりであった。

ところが半分ほど進んで小藤太は立ち止まった。ふと、見通しのよい庭に面した縁側から入ると、誰かに目撃され、なかに聟がいるのがわかってしまうのではないか、と思ったからである。

ということはどうすればよい。そう、別の部屋から奥の部屋に入り、奥の部屋から娘の部屋に入れば、その動線は娘専用の動線であるから絶対に誰にも見られない。こういうことに気が回る僕ってすごいよね。

そう考えて小藤太は縁側に面した別の部屋に入り、そこから引き戸を開けてさらに奥の部屋に入っていった。

さて、一方その頃、聟である若い男は、というと、小藤太が想像したとおり、退屈していた。しきっていた。そして思うのは、娘が早く仕事を終えて帰ってこないかな、ということであった。

帰ってきたら。おほほ。思いっきりぐちゃぐちゃしよう。

それだけを思って男は顔に布団を被《かぶ》って仰向けに寝ていた。

そのとき、奥の間の戸がスルスルと開く音がした。

帰ってきた！

よろこんだ男は自分の率直な気持ちを娘に伝えようと、顔に布団を被ったまま、下半身を露出して、陰茎を自らの手で摩擦して刺激した。刺激を受けた陰茎は忽《たちま》ち隆起した。そして、なおも顔には布団を被ったまま、腰をのけ反らすようにして、隆起した陰茎を空中に突きだし、どうだどうだどうだ、と言いながら、これを激しく上下させた。

なにが起こったのか理解できず、また、これまで培ってきた価値観や常識を遥《はる》かに超えて馬鹿馬鹿しいその姿に激しく動揺した小藤太は、盆を取り落としただけならまだよかったが、小鍋形の容器を手に持ったまま、足を滑らせて、仰向けに転倒、後頭部を強打して気を失い、長いこと意識が戻らなかったそうだ。

（第十四話）

利仁将軍が芋粥《いもがゆ》をご馳走《ちそう》した

これもそうとう前、あのなにかにつけ豪快でスケールの大きいことで有名な藤原利《とし》仁《ひと》将軍がまだ若く、当時の朝廷のトップクラスの人、すなわち摂政関白に就任する家柄の人、の家で侍として働いていた頃、その家で、大饗《だいきょう》といって、正月に開く宴会があったときの話である。

その頃は、宴会が終わって残った飲み物や食べ物を、大饗のお下がりもの、といって当時の利仁のごとき侍やその他、奉仕する人たちがみなで食べるのがひとつの習わしであった。

その顔ぶれのなかに、もう長いことその家で働いて、すっかり古株となっていろんなことを知っているので、なにかにつけ先輩風を吹かせてみんなに割と嫌がられている人が居た。朝廷での位階が五位であったから、とりあえず五位の人という意味で、五位と呼ぶことにする。この五位が、芋粥《いもがゆ》をすすりながら忌々《いまいま》しげに舌打ちをして、

「ああ、いっぺんでよいから、この芋粥ってやつを、もういい、と思うまで食べてみたいものだが、まあ、無理だろうな」と言った。

おそらくは誰に聞かせるとでもなく、無意識に口から出た言葉だったのだろうが、たまたま隣に座っていた利仁がこれを聞いて、内心で、おほほ。と思いつつ言った。

「あの、大夫《たいふ》殿は、やっぱあれですか。まだ、芋粥を飽きるほど食べたことがないんですか」

大夫殿と言ったのは、この頃、五位以上の人に呼びかけるときは大夫さん、と言うのが普通だったからで、言われた方の五位は内心で、このガキはなにを吐《ぬ》かしやがるのか、と思いつつも、自分が言ってしまったのだから仕方がない、「まあね」と答えた。したところ利仁が、「ほんだらこんど奢《おご》らしてくださいよ。飽きるほどご馳走《ちそう》しますよ」と言うので五位は、「そりゃ楽しみだ」と言って、その場はそれで終わった。

それから四、五日ほどしてから。五位はその日、特に用もなかったので与えられた自分の部屋に下がって、湯でも浴びたいな、と思っていた。したところそこへ利仁が来て、「湯を浴びに行きませんか」と誘ったので、こらええ、と思ったが、自分で乗り物を用意するのは嫌だな、銭がもったいないな、とも思ったので、「いっやー、ちょうど身体が痒《かゆ》くてねー。湯ぅでも浴びたいなー、と思てたところなんですけどね、しかし困ったなー。いまたまたま足がないんですよ、足が。そっちで用意してもらえたら助かるんですけどね。さすがにそこまでは用意してないですよね」と言ってみたところ、利仁は、「しょうむない馬で悪いんですけど、一頭、引いてきたんですよー」と当然のように言った。

「本当ですか。それはありがたいことです」

と、五位は喜んで外出着に着替えて馬に乗った。そのときの五位の姿がどんなだったかというと、薄い綿入れを重ね着、黒っぽい青の裾を絞った袴《はかま》、その裾のところが少し破れているのを下袴を省略して穿《は》き、同色の狩衣というジャケットのような普段着、肩山の潰れているのを羽織っていた。鼻は結構高くて立派なのだけれども、鼻の頭が赤く、また、水洟《みずばな》が垂れ気味であった。狩衣の後ろが帯で曲がっていて、それを直しもしないのがださかった。まあ、はっきり言って、身なりを気にしない貧乏くさいおっさん、という感じであった。

そんな貧乏くさいおっさんが偉そうに先に立って進んでいくというのも妙な話だが、先輩なので先に立ち、ふたりは馬に乗り、鴨川《かもがわ》の方へ進んでいった。

五位はひとりも従者を連れていなかったが、利仁は武具を持つ者、馬の口を取る者、雑用をする者、と三人がついていた。偉そうにしている先輩はひとりなのに、後輩にはマネージャー、運転手、付き人がついている、みたいな微妙な感じだった。

そんな感じで鴨川を越えて粟田口《あわたぐち》にさしかかった。粟田口。ここから先へ行くとなるとちょっとした旅である。そこで五位が利仁に問うた。

「ちょっと、ちょっと」

「なんですか」

「どこまで行くんですか」

「もうすぐなんですよー」

と利仁は言ったが、そのうちに山科《やましな》まで来て、五位が、もう山科やんかー、と思っていると山科も通り過ぎてしまった。そこで五位が、

「あの、すみません。山科も通り過ぎたんですけど、マジ、どこまで行くんですか」

と、問うたが、利仁は、「あ、もうそこなんです。見えてるんです」など言いながら、ついに、逢坂山《おうさかやま》も越えて滋賀県に入り、三井寺《みいでら》の、利仁の知り合いらしい僧のところへ着いて、利仁がようやっと、「ここですわ」と言った。

「これでやっと湯にありつけるのか。馬鹿としか言いようがない。なんでこんな遠くまで来なければならないのか」と、五位は思ったが、どうも風呂感がない、というか、湯の準備をしている気配がないので、「湯はどうなっているのですか」と問うと、こ

れにいたって利仁は信じられないようなことを言った。

「いや、実は敦賀《つるが》に用意してるんですよ」

「はあ？」

「いや、敦賀で風呂に入ってもらおうと思って」

「マジですか。だったら最初からそう言ってくださいよ。そんな遠くまで行くってわかってたら付き人とか連れてきましたよ」

五位がそう言うのを聞いて利仁はなんだかおかしいような心持ちになった。なぜなら、五位はいかにも雇おうと思ったら付き人を雇えるようなことを言っているが実際には雇えないのがモロバレだったし、それに京都の人は洛外に出るのを極端に億劫《おっくう》がったので、最初から敦賀なんて言ったら絶対に来ないだろうと思ったからである。けれども敦賀に行かないとわからないこともあるし、できないこともあるということをわかって欲しい。と、思ったのか、思わなかったのか、利仁は笑った。

「くわつはつはつはつはつ」

「なんですか、その文字的な笑いは」

「おかしいから笑ったんですよ。でも下人なんていいじゃないですか。僕がいれば千人の人が付き従っているのと同じくらい安心、と思ってくださいよー」なんつって、そのお寺で簡単な食事をとって、二人は敦賀に向けて出発した。その際、利仁は武装した。ということはこの先、武力が必要な場面があるかも知れない、ということで五位は戦慄しつつ、こうなったらついて行くしかない、と思った。

そんなこんなで道中を続け、大津市下阪本《しもさかもと》の琵琶湖《びわこ》の畔《ほとり》にさしかかったとき、浜辺に迫る藪《やぶ》の陰から一匹の狐《きつね》が走り出てきた。

「うわうわうわうわ。狐ですよ、狐」

「ですねー」

「どうするのですか」

「もちろん、捕まえますよ。これはきっといい使いになりますよ」

そう言って利仁は狐を追いかけた。もちろん野生動物である狐は全力で逃げる。逃げるのだけれども利仁にあっという間に追い詰められて逃げられなくなってまごまごしている。それへさして利仁は大きく上半身を傾け、逆《さか》とんぼりのような格好になって狐の後ろ足を摑《つか》んで引き上げた。

実は利仁の乗る馬は、一見したところはしょうむない馬に見えたが実際はあり得ないくらい身体能力に優れた駿馬《しゅんめ》なのであった。

そこへ五位が追いついてきた。その五位の見ている前で利仁は狐に、

「おまえ、こら、狐。今日中に敦賀の僕の家に行って、急にお客さん連れていくことになったから明日の午前十時に琵琶湖の西岸、滋賀県高島市あたりに男連中が迎えに来るように&その際、鞍《くら》を置いた馬を二頭、引いてくるように、と、伝言してこい。はあ？　もし、このまま逃げて敦賀に行かなかったら？　おほほ。愉快なこと言ってくれるやんけざますじゃん。おい、こら狐。だったらやってみろよ。どんな目に遭うか試してみろよ。なにい？　行きます、だと？　だったらさっさと行けよ。狐ってのは異能があるんだから今日中、無理じゃねぇだろう。さあ、行ってこい」

と言って狐を放した。それを聞いて五位は思わず、「狐の使いなんてあり得ないでしょう」と言ったが利仁は、「大丈夫ですよ。絶対に行きますよ」と言った。

解放された狐は走って逃げた。けれども暫《しばら》く行くと立ち止まって心配そうに利仁の顔を見る。そしてまた走り出すのだけれども、暫く行くとまた立ち止まって見る。何度かそれを繰り返したとき、利仁が、「ちゃんと行く感じですね」と言ったら安心したのか、もう振り返らないで走り去って見えなくなった。

そんなこんなでその日はいい加減なところで泊まって、翌朝、朝早で出発して進んでいき、十時をちょっと回った頃、向こうから三十人ほどの男が馬に乗ってやってきた。怖っ、と五位が怯《おび》えていると利仁の付き人が、「昨日、狐に言った男たちが来たんじゃないすか」と言った。

「マジすか」と五位が呆《あき》れるうちにも騎馬の男たちはどんどん近づいてきて、利仁の姿を認めるや下馬し拝跪《はいき》して、付き人たちは五位に、

「ほらね」と得意そうに言った。

拝跪する男どもに利仁がへらへら笑って問うた。

「どういう感じで来たんですかね」

チーフっぽい感じの男の人が進み出て言った。

「いや、それが不思議なことがあったんですわ」

「なるほど。ええっと、じゃあ、あれですか、馬は引いてきましたか」

「え、そらもう、ちゃーんと二頭、引いてきてます」

「いいね、いいね」

男たちは食べ物なども用意してきていた。そこで五位も利仁も付き人らも馬から下りてご飯を食べながら、チーフっぽい男の話を聞いた。

「昨日の晩なんですけれどもね、めずらしことがありました。夜の八時頃やったでしょうか。奥さんがね、急に、『胸が痛い、胸が痛い。錐《きり》で刺されるように痛い』ちゅわはりましてね、こらお医者はん呼ばなあかんなあ。けどこない夜さりに来てくらはるやろか、なんてみなで慌ててますとね、それまで、痛い、痛い、ちゅうばっかしや

った奥さんが急に、『なにを騒いどんのんじゃ、あほ』て喋《しゃべ》り出しはらまして、ほんで仰《おっしゃ》んのには、『わしゃ狐や。今日の夕方に三津の浜で、お殿さんがこっちいさして下ってきはらはんのに出くわして慌てて逃げたんやけれども捕まってしもた。そいでお殿さんが仰らはるのには、今日のうちに儂《わし》の家《うち》ぃ《い》行て、客を連れて帰るさかいに、明日の午前十時に、鞍つけた馬二頭引いて、男連中が高島市の辺まで迎えに来るように、ちゅてこい。もし、今日中に行かへなんだらおとろし目に遭わすど、とこない言わはって、そいで言いにきた。そやよってに男衆は早いこと出発せえ。いますぐ出発せえ。そうせんと儂が殺される』と、仰って、怖そうに震えてはりますので、それを見たおやっさんが男連中に、よし、そういうこっちゃったらとりあえず行ってみい、と命令されまして、ほしたらその途端に奥さんが元通りになりまして、けろっとしてはりますんで、こらほんまもんやなー、ちゅて、夜が明けると同時に馳せ参じて参ったような次第でございまして、へえ」

聞きました？　僕の言うとおりになったじゃないですかー。みたいな顔で利仁は五位の顔を見て、ヘラッ、と笑った。五位は、「いったいどうなってるんですか。はっきり言って、頭、おかしくなりそうですよ」と言った。

食事を終えて一同は高島市近くを出発し、暗くなってから敦賀の利仁の家に到着した。

帰ってきた利仁の姿を見て家の子たちは、「マジやったんやね」と言い合った。

五位は馬から下りて利仁の家を見て驚愕《きょうがく》した。予想を遥《はる》かに超えた、ちょっと考えられないような豪邸であったからである。しかし敦賀は寒かった。そこで、利仁のどてらを借りて元から着ていたいい加減な二枚の服のうえに羽織ったが、元の自分の服がペラペラだからそれでも寒かった。けれどもそのうちに、巨大な火鉢に山ほど炭をついでくれ、勧められてふかふかのクッションのうえに座ると、その前に果物やらお菓子やら珍味やらを持ってきてくれて、これはいい、と思っているところへさして、「寒《さ》むおまっしゃっろ」とて、ふかふかの、でも極度に軽いダウンジャケットのようなものも背中に着せてくれて、まるで極楽みたいな感じになった。

その極楽状態でご飯も食べさせてもらい、左手を後ろにつき、右手でブンブンに膨らんだ腹を撫《な》でさすりながら、いっやー、とか言っているところへ、利仁の舅《しゅうと》、有仁《ありひと》が来て言った。

「今回はどういうことなんでしょうかね。急に来た使いが妙ちきりんで、それで娘、おかしくなっちゃったんですよ。あり得ないっしょ」

「そうなんすよ。狐ってどうなのかな、って前から自分、思ってたんで、試しに言ったらマジ来ちゃったんすよね」

と、利仁が半笑いで言うと、有仁も、

「げらげらげら。マジ、来ちゃったよね。あり得ないよね」

と、そう言って笑った。そんな二人を見て五位は内心で、なんなんだ、この人たちは。と思っていた。その五位を見て有仁が言った。

「で、お客さんってのは、その人？」

「そうなんすよ。いっぺんでいいから、もういいっつうまで芋粥食ってみてぇ、っつうから、だったら食わしてやろう、と思って連れてきたんすよ」

「え？　芋粥を飽きるほど食いてぇ？　それマジ？」

「マジっす」

「よりによって芋粥かよ。滓《かす》みてぇな奴だな。あ、わりぃ、わりぃ。ごめんな、お客さん。滓とか言っちって」

「いやいやいやいや。私もちょっと東山《ひがしやま》でちょっと風呂でも、と言われてね、それを信じてついてきて、それでとうとうここまで連れてこられちゃったんですよ。騙《だま》されたんですよ」

「あ、そうなの。バカじゃん。だははははは」

「そうなんすよ。だはははは」

「だははは。バカはひどい。だはははははは」

と三人で楽しく笑って、その夜は遅くなったので寝所に入った。

寝所に入って五位は驚愕した。なぜなら布団として置いてあった掻《か》い巻きの厚さが十五センチくらいあったからである。自分が元々、着ていたのは二・五ミリくらいしかなく、しかも、訳《わけ》のわからない虫がたかっているらしく着ると痒くなるというシロモノだったので躊躇《ちゅうちょ》なく脱ぎ捨てた。

それでレモンイエローの着物三枚のうえにこれを被《かぶ》って寝たところ、これまでこんなふかふかした状態で寝たことがなかったので、五位はのぼせたようになってしまった。

そんなことで、ずくずくになって寝ていたが、誰かが部屋のなかに入ってきたような感じがして、寝たまま、「誰かいるのですか」と問うたところ、「お客様のおみ足をお揉《も》みしろ、と言われましたので参りました」という声がした。若い女の声だった。首をもたげて見ると、みめかたちのうるわしい女であった。五位は、「あ、じゃあ、折角《せっかく》なんでおみ足お願いします」と言って、動きやすいところへ移動して、おみ足を揉んでもらった。別のところも揉んでもらった。それだけでは悪いというので自分もいろんなところを揉ませてもらった。吸わせてももらった。

そんなことでこまめにじゃらじゃらしていると、表で誰かが怒鳴り散らしていた。折角、気色のよいことをしているのになんの騒ぎであろうか。喧嘩《けんか》であろうか。迷惑なことだ、とそう思いつつ聞くと、男は以下のように大声で触れていた。

「みなさーん。聞いてくださーい。明日の午前六時に、直径十センチ、長さ一・五メートルの山芋を各自一本ずつ持って庭に集まってくださーい。繰り返します。午前六時に、直径十センチ、長さ一・五メートルの山芋を各自一本ずつでーす。よろしくおねがいしまーす」

そんな大仰《おおぎょう》にアナウンスするほどのことかあ？　それとも俺をおちょくっているのだろうか。と五位は思いつつ、再び、じゃらじゃらに没頭し、その後はいろんな疲れが重なってそのまま寝入ってしまった。

明け方、庭の方から巨大な鳥が羽ばたいているような音が聞こえてきた。バサバサバサバサ、バサバサバサバサ。

「朝、早くからいったいなにをしているのだろう。私はもう少し眠りたいのだがね」と耳を澄ましたがわからない。「まあ、いいか」と、うとうとして、当番で詰所に詰めていた人たちが動き始めた頃になってようやっと窓を開けて表の様子を見ると庭に大きな筵《むしろ》が四、五枚敷いてある。「あんな大きな筵をいったいなにに使うのだろう。サンバカーニバルのリハーサルでもするのだろうか」と訝《いぶか》っていると、入り口の方から地元の人と思《おぼ》しき人が肩に材木のようなものを担いで入ってきて筵の上に置くとすぐに出て行った。なんじゃ、ありゃ？　と思うまもなく、また一人、材木のようなものを担《かた》げた地元民が入ってきて筵の上に置いて出て行く。その後も続々、材木のようなものを筵の上に置いていく。

「なんなんですか、あれは」と、よく見ると、材木のようなものは直径十センチ、長さ一・五メートルの山芋で、「マジですか」と驚いて見ているうちにも、陸続と人が来て午前十時頃まで途切れず、積み上がった山芋の高さはついに五位の居る建物の屋根と同じくらいになって、最後の方の人はジャンプしたり、放り投げたりして山芋を置いていった。

後で五位が聞いたところによると、昨日の夜中に絶叫していたのは利仁のスタッフで、この邸宅の周辺に住む人たちだけに告知するための丘、通称・人呼びの丘、という小高い丘のうえから絶叫したらしい。

いくら大声とはいえ、声の届く範囲だけでこれだけの芋が集まる。ということは、声が届かない範囲を含めたら、この利仁という人には、いったいどれだけの数の人が随《したが》っているのだろうか。利仁はどんだけ多くの人を支配しているのだろうか。そう、考えて五位は股間にこそばゆいような感覚を覚えた。

「まったくなんちゅうことだろう」

そう思いながら見ていると、数十人の男手が、五百升炊きの釜を五つ六つ引っ張ってきて、杭《くい》を立てて据えた。五位は、「なんなんですか、これは」と呻《うめ》くように言った。

暫くすると、揃《そろ》いの白い衣装を着て、木桶《きおけ》を持った美少女の集団が右の方から現れ、釜にジャアジャア水を注いでは左の方へ去って行った。「これはなんのショウなのですか。こんなに大量のお湯を沸かしてなにをしようというのでしょうか。巨人が行水でも使うのでしょうか」と思って見ていると、なんともいえぬ甘いよい香りがしてきた。

間髪を入れず、右の方から切れ味の良さそうな長い刀を持った美少年の集団が現れ、なにをするのかと思ったら傍らに積み上げてある山芋の山に取りついてこれの皮を剝《む》き、一口大、削ぎ切りに切り始めた。これにいたって五位は初めて自分が希望していた芋粥を作っているのだ、と悟った。あまりのスケールの大きさにこれまでは露ほどもそんなことを思わなかったのである。五位は呟《つぶや》いた。

「なんか、見てるだけでお腹いっぱいになってきました」

さくっと煮たので、芋が型崩れせず、また、いやな粘りもでず、いい感じに芋粥が煮あがった。

「できました」

「じゃあ、五位さんに持ってってたげて」

「了解っす」

というので、とりあえず、一斗罐三つ四つに芋粥をすくって何人かで担げて五位の部屋の前に行き、大きめの丼によそって、「さあ、どうぞ。さあ」と薦めた。けれども五位は、「いや、なんかもう、なんか」と言うばかりで、食べ放題であるのにもかかわらず、丼一杯も食べられなかった。

最初に利仁と五位が会ったときの、大饗のお下がりもの、と同じシステムで残りの料理は家の人たちがみんなで食べることになっていたので、家の人たちや手伝いの人たちは、「お客さんが小食なんで、俺らめっさ食えるやん」と言ってみんなでゲラゲラ笑っていた。

みんなでゲラゲラ笑っていると、「楽しそうじゃん」と言って出でましてきた利仁が、「あっ、みんな、あっち見てみ」と言って塀に沿った建物の軒のあたりを指さした。「なになになに」と皆が一斉に見ると、長屋の軒に一匹の畜類、狐が居て庭の様子を窺《うかが》っていた。

「あれ、あのときの狐じゃね？」

「ですよね。でもなんであのときの狐が来てるんでしょうね」

「きっと、『俺も手伝ったんだから芋粥食わしてくれよ』ってんだよ」

「狐が芋粥、食いますかね」

「わかんねぇけど、食うんじゃね？　やってみ」

言われてスタッフが鋺《かなまり》に入れてこわごわ持っていき、狐の前に置くと、狐は両の手を合わせるような仕草をして頭をペコペコ下げてからウマウマこれを食べ始めた。

狐が芋粥を食ってるよ、とて、また全員が爆笑した。これには五位も笑った。もはや午《ひる》を過ぎてでもまだ日が高かった。

利仁の館では、このように一事が万事、度外れて豪奢《ごうしゃ》で、最初のうち五位はなにかにつけ戸惑ったが、すぐに楽しくなって長居、京都に帰ったのは四週間後であった。そして、来るときは情けないペラペラで来たのに、京都に帰るときは、普段着やよそ行きの服を何パターンも持って、それ以外にも、仕立てない絹や木綿も何ケースも持たせてもらい、もちろん初日に着せてもらった布団やなんかも全部もらった。そして、本人は鞍を置いた素晴らしい馬に乗って京都に帰ったのだった。

ところで、なぜ利仁はそこまでしたのか。それは五位が長年にわたって中央政界の重要人物の家司《けいし》を務め、政界官界の実務の裏の裏を知り尽しているからであった。中央政界での出世を目論《もくろ》む利仁にとって、それは実に有益な情報であったのだ。そしてその対価は五位にとっては目も眩《くら》むような豪奢なものであったが、利仁にとっては惜しくない出費だったのだ。

（第十八話）

鼻がムチャクチャ長いお坊さん

前。京都府宇治市内に禅珍内供《ぜんちんないぐ》というお坊さんが住んでお寺を運営していた。すごい祈禱《きとう》法をマスターして、祈りによって人をハッピーにする実績を積んで、みんなの信頼を得ていた。なので、変な話、実入りもよくて、本堂も僧坊もよく手入れされて掃除も行き届き、お供えものや灯明が絶えることがなく、実にいい感じの寺だった。

食事などの待遇もよく、また、イベントもしょっちゅうやっていて人数が必要だったということもあり、実に多くの僧が在籍した。その頃はそんなことをする家はあまりなかったのだが、毎日のように風呂を沸かし、僧たちがわあわあ言いながら風呂に入っていた。

それだけ多くの僧が居るということは、それだけ消費をするということで、その需要を満たすための人口が寺周辺に集まって小規模な経済圏を形成、それなりに賑《にぎ》わっていた。

というと、やったじゃん。よかったじゃん。なんも問題ないじゃん。と思うだろうが実はひとつだけ問題があった。

どんな問題か。禅珍内供の鼻が長かったのである。というと、「なんだ、そんなことか。どうでもいいじゃん」と思うだろうが、どうでもよくなかった。なぜなら禅珍内供の鼻ははっきり言って十八センチくらいあって、それも、天狗の鼻のように前に突き出ているのではなく、だらんと垂れ下がって先端部が顎の下にまで達し、まるで顔にソーセージが垂れ下がっているみたいな感じで、見た目が不細工というのはもちろんのこと、日常生活にも不自由な思いをしたからである。

色は赤紫色で、表面に大きな蜜柑《みかん》の皮のような粒粒《つぶつぶ》があり、その粒粒がときに激烈に痒《かゆ》かった。

その痒さたるや居ても立っても居られない、狂いそうな痒さで、そうなるとなんとかせんといかんなあ、というので専門家の指導の下、対策を講じた。

どうしたかというと、まず薬罐《やかん》に湯を沸かしたうえで、お盆の真ん中に穴を開け、この穴に鼻を通し、薬罐の湯に鼻を浸けて煮立てた。なぜお盆に鼻を通すかというと、そうしないと湯気で顔を火傷《やけど》するからである。じっくりと茹《ゆ》でて、さあ、取り出してみると色がどす黒く変色している。すかさず、横向きに寝て、鼻を横に伸ばし、鼻の下に痛くないように重ねたタオルなど敷いたうえで、これを足でギュウギュウ踏みつけてもらう。暫《しばら》く踏んでいると、やがて粒粒の孔《あな》から水蒸気のようなものが噴出してくる。「キタキタキタアー」と言いながら、さらに力強く踏むと、なんたら気色の悪いことであろうか、粒粒の孔から長さ一センチくらいの白い虫が体をクニュクニュ振りながら出てくる。これをひとつびとつ毛抜きで丹念に引っ張り出す。全部引っ張り出すと鼻一面に孔が開いたようになっている。この鼻をもう一度、薬罐に入れ、ひと煮立ちさせると、鼻は小さく萎《ちぢ》み、通常の鼻と変わらぬ大きさになる。

けれども鼻のなかに白い虫の種が残っているらしく二、三日すると、また膨らんで元の不細工な鼻になってしまう。それを防止するためには白い虫の種を根絶しなければならないのだが、その方法は専門家も知らなかった。

そんな訳《わけ》で、だいたいの日は鼻が長く、垂れ下がった鼻で口が塞がるため、ご飯を食べるのにも工夫が必要だった。もっとも簡単なのは、左手で鼻をつまみ上げ、右手でご飯やお菜をつまみ上げて食べるというやり方だったが、仮にもこれだけの大寺の指導的立場にある者にそんな不作法な真似は許されなかった。

そこで係の者が脇に座り、長さ三十センチ幅三センチくらいの木の板で鼻を下からすくい上げるようにして保持した状態で食事をとることにした。

というと、簡単そうに聞こえるが、実際にやってみると非常に難しかった。というのはやはり人間のやることなので、どうしても木の板が上下してしまい、ともすれば椀《わん》に鼻が入りそうになったり、上に上がりすぎて禅珍さんの視界を妨げたりしてしまうからである。

これを防止するためには、脇を締め、肘を曲げて、木の板を保持する必要がある。けれどもそうすると、どうしても禅珍内供との距離が近くなり、内供の立場からすると、飯を食べているとき、緊張してフンフンいっている人が至近距離に居る、ということになり、そうすると、折角《せっかく》のご飯をゆっくり味わって食べることができないから、「近いわ、ぼけ」と叱られる。

かといって十分な距離をとると、その分だけ腕が伸び、板はどうしても上下して、「食いにくいんじゃ、ぼけ」と叱られる。また、内供自身もロボットではないので顔をまったく動かさずに食べるはずもなく、そこはやはり微妙に、というか結構、動くので、ただ真《ま》っ直《す》ぐにして動かさなければよいという訳ではなく、内供の動きに合わせて板を微妙にコントロールしなければならず、誰にでも務まる仕事ではなかった。

幸いなことに経とかは全然、覚えられないのだが、なぜか板のコントロールだけは抜群に上手《うま》い僧がひとり居て、内供がご飯を食べる際は、この僧が鼻を支える係を専門で受け持つことになった。その上手さたるや、もはや神業で内供は、この僧なしにはご飯が食べられない、ということになった。

ところがその日、この僧が朝から気分が悪くて寝込んでしまった。そこで仕方ない、その日は別の者が内供の鼻を支えるしかない、誰かおらんか、と探したところ、ひとりの少年が、「俺、そういうの、割と自信あります」と立候補した。そこで、確認したところ、けっこう美少年でいい感じだったので「じゃあ、お願いします」ってことになって、その少年が例の板を持って何人かの弟子が控える内供の部屋に参上した。

「おはようございます」

「おや、いつもの者と違うようじゃが。そなた大丈夫か」

「大丈夫っす」

と言って少年が食事の介助をし始めた。その日の朝食はやはりお寺さんだからだろうか、粥《かゆ》であった。朝粥というやつである。その係の弟子がこれを椀によそって内供に差し出す。受け取った内供、これを左手に持ち、右手で箸を持つ。少年は内供の前、絶妙な位置に行儀に座って、板を捧《ささ》げ持って鼻をそっと持ち上げる。内供はやや俯《うつむ》いて粥をすする。その微妙な動きに合わせて少年は板をコントロールする。

そのコントロールぶりに内供は舌を巻いた。激烈に上手であったからである。内供は内心で思った。

「おや。いつもの者より上手じゃないか。今度からこの子に頼もうかしらん」

後ろに控える弟子たちもその玄妙な板の動きに感じ入り、隣の人と、これはもはや名人だね、などと小声で私語を交わすなどしていた。ところが。

間が悪いというのであろうか、少年は激烈にくしゃみをしたくなってしまった。しかし、いまくしゃみをしたらどうなるだろう。その衝撃で腕が動き、板が激しく上下して、内供の鼻が椀に垂れ下がってしまう。ここで上手くやれば出世の糸口をつかめるが失敗したら一生下積みだ。食事が終わるまで絶対にくしゃみをしてはならない。そう思って少年は耐えた。耐えに耐えた。しかし、鼻のムズムズ感は一秒ごとに高まっていき、ついには堪《こら》えきれなくなり、横を向いて、ヘックショイ、大きな大きなくしゃみをしてしまった。当然のごとくに板は激しく動いて鼻は板から落ち、拍子の悪い、椀のなかに、ざぶっ、と浸かってしまった。

その鼻の衝撃で椀のなかの粥が飛び散り、内供の顔が粥でベシャベシャになってしまった。また、少年の顔も粥でベシャベシャになった。ベシャベシャの顔で内供が激怒、地を丸出しにして少年を罵倒しまくった。

「ちょっと、なにやってんのよ。バカじゃないの。も、ちょっと考えられない。こころ病んでんじゃないの。脳ミソにギョーチュー湧いてんじゃない？　なんであたしが朝からお粥浴びなきゃなんないわけぇ、も、訳わかんない。早く死んでちょうだい。っていうか、これがあたしじゃなくて、もっと身分が高い人の鼻を持ち上げるときはどうするわけぇ。それでもこんなことすんの？　信じられないようなバカね。あんたはもう追放よ。早く出てって。あたしの前からいなくなって。なに、ぼおっと立ってんのよ。さ、みんな。この猿の天ぷらを追い出しておしまい」

そう言われて他の弟子が立ち上がりかけたのを見て少年が言った。

「わかった、わかった。行くよ、行きます。けど、その前にひとつだけ言わせてください」

「なによ」

「いま、あなた、もっと身分の高い人の鼻を持ち上げるときもこんなことすんのか、と言いましたよね」

「言ったわよ」

「世の中にそんな鼻の人が二人といると思いますか？　いないに決まってるじゃないですか。鼻の持ち上げ、なんて馬鹿なことやってるのはこの寺だけですよ。世の中に鼻の持ち上げなんてありませんよ。馬鹿げた鼻の持ち上げ。長鼻の持ち上げ」

「きいいいいいっ」

鼻の持ち上げ、鼻の持ち上げ、と何度も言われ、内供が顔面、粥だらけで、しかも鼻を垂れ下げて激怒している様がおかしくてならず、弟子たちは笑いを堪えて悶《もだ》え苦しんだが、ひとりが立ち上がり、口と腹を押さえて小走りに走り、縁先から裸足《はだし》で庭に駆け下り、転げ回ってげらげら笑い出すと、皆これに続いて庭に駆け下り、或《ある》いは隣の座敷、屏風《びょうぶ》の裏に駆け込んで、転げ回ってげらげら笑った。

（第二十五話）

卒塔婆《そとば》に血が付いたら

昔。いまの中国にあたるところに唐という国があった。その唐のあるところに大きな山があった。その大きな山の頂上に大きな卒塔婆《そとば》、すなわち墓標が建っていた。

その山の麓に八十過ぎのお婆《ばあ》さんが一族と共に住んでいた。

このお婆さんは、日に一度、その山の頂上にまで登り、その卒塔婆を見て、それから下ってくる、という習慣があった。

非常に標高の高い山で、頂上にいたる道は険阻で急峻《きゅうしゅん》、麓は晴れていても頂上付近では暴風が吹き荒れ、雷が轟《とどろ》き、雨もいみじく降った。冬は雪と氷に閉ざされ、夏は酷烈な日射しが照りつけた。

にもかかわらずお婆さんは一日も欠かすことなく頂上まで登り、この卒塔婆を見た。

さてそして、暑い夏の間、麓の里の若者は、山の頂上まで登って、この卒塔婆の周囲で涼むのが常であった。しかし、時間帯が違うのか、若者たちと老婆が山の頂上で出会うことはこれまでなかった。

そんなある日、若者たちが卒塔婆の周りで涼んでいると、腰が曲がった老婆が杖《つえ》に縋《すが》り、時折立ち止まっては汗を拭い拭いしながら登ってきた。

こんな炎天下にこんな年寄りがなぜ登ってきたのか。おそらくはこの塔婆《とうば》に参るために登ってきたのだろう。

一同がそう思って見ていると、お婆さんは塔婆を拝まず、ただ周囲を一周しただけで下っていった。

その翌日も、そしてその翌日も時間帯が重なって、若者たちはお婆さんの姿を見かけたが、いつもお婆さんは塔婆の周りを一周しては下っていった。

若者たちの不審が募った。

「あの人はなぜあんなしんどい思いをしてこんな山の上まで登ってきて、ただ卒塔婆の周囲を一周して下りていくのでしょうか。僕はもう訳《わけ》がわかりません」

「私もです。今日、会ったらひとつ伺ってみましょう」

そんなことを言い合っていると、いつものようにお婆さんが登ってきて、また塔婆の周りを一周回り、そのまま下りていこうとしたので、ひとりが声を掛けた。

「あの、ちょっとよろしいでしょうか」

「なんですか」

「ひとつお尋ねしたいのですが、あなたはなんでまた苦しい思いをしてこの高い山のてっぺんに登ってくるのですか。私たちは涼しい思いがしたいので苦しいのを我慢して登ってきます。けれどもあなたは涼むでもない、ただ登ってきてはなにもしないで、ただただ卒塔婆の周りを一周回っては下りていきますよね。私たちはそれをまったく理解できず疑問に思っているのですが、よかったらその訳を聞かせてもらえませんか」

「お若い方のご不審はご尤《もっと》もです。実は私は物心ついて以来、約七十年間、一日も欠かすことなく、ここまで登ってきて塔婆を見ています」

「そこがわからないんですよ。なぜ七十年間もそんなしんどいことを続けるのですか。理由を教えてください」

「教えます。私の父親は百二十歳で亡くなりました。祖父は百三十歳で亡くなりました。その祖父の父、そのまた父たちは二百何歳まで生きたそうです。父は百二十歳で亡くなるとき、そうした先祖たちから伝わる代々の言い伝えを私に伝えてくれました。なんでも、もしこの卒塔婆に血の付くときがあったら、そのときはこの山が崩れ、このあたり一帯は深い海になるらしいのです。私はこの山の麓に住んでいますから、もしそうなったら崩れた山の下敷きになって死んでしまいます。なので、日に一遍、塔婆に血が付いてないかどうか、確認するためにここまで登ってきているのです。もし血が付いていたら私は直ちに逃げるつもりです」

それまで奇怪なお婆さんを恐れる風でもあった若者たちは、しかし、お婆さんの話を聞いて、急にお婆さんを軽侮し、「それは恐ろしいことですねぇ。崩れるときは必ず私たちにも教えてくださいい」と、馬鹿にしたような調子で言った。けれどもお婆さんは馬鹿にされていることにも気づかず、

「もちろんです。前途ある若い人たちを見捨てて自分だけ逃げるなんてことはけっしてありません」と真面目な口調で言って山道を下っていった。

その背中を見やりつつ、ひとりが言った。

「いま思いついたのですが、どうでしょうか。ひとつ彼女を驚かせて、みんなで笑いものにしませんか」

「どうするのです」

「彼女はもう今日は来ないでしょう。そこで今日のうちにこの卒塔婆に私たちで血を塗っておくのです。明日、それを見た彼女は、山が崩れる、と里の人たちに必死で触れて歩くでしょう。その必死な様子を見てみんなで笑いものにしたら愉快なんじゃな

いでしょうか」

「愉快です」「愉快です」「愉快です」「愉快です」「愉快です」「ではやりましょう」

衆議一決して、若者たちは小刀で腕を切るなどして血を融通し、卒塔婆に塗りつけて山を下りた。そのうえで里の住民たちに、「山頂の卒塔婆に血が付いたらあの山が崩れてこのあたりが深い海になる、と訳のわからないことを言うお婆さんがいたので、私たちがさっき血を塗ってきました。明日、見に行って、血が付いているのに驚いて大騒ぎして、触れて歩くと思います。みなさん、山崩れには十分、注意して警戒を怠らないようにしてくださいね」と言って歩いたところ、これが住民たちに大受けに受け、住民たちは、なんとも馬鹿なお婆さんがいるものだ、と、寄ると触るとお婆さんの話をしてげらげら笑い転げた。

そして翌日。お婆さんがいつものように頂上に登り塔婆を見ると、べっとりと血が付いている。一目見るなりお婆さんは顔色を変えて、こけつまろびつ麓まで駆け下り、「大変なことになりました。みなさん、一刻も早く避難してください。あの山が崩れて、この里は土砂に埋もれてしまいます。山があったところは深い海になります。危険です。一刻も早く安全な場所に避難してください」

と、告知して歩いた。

全戸に周知したうえでお婆さんは急いで自宅に帰り、子に命じ孫に命じ、貴重品や思い出の品、その他の屋財家財など背負えるだけ背負わせ、自分も持てるだけ持って大慌てで聚落《しゅうらく》から逃げ出した。

その様を見て、卒塔婆に細工をした若者たちは手を拍《う》ち腹を抱えて笑い転げた。

「私たちが血を塗ったのを真に受けて、あんな風に大荷物を持ってみんなで逃げていく姿というのは実に滑稽じゃありませんか」

「ほんとですよね。馬鹿としか言いようがない。げらげらげらげら」

「げらげらげら」

「げらげらげら」

と、笑っているとどうしたことだろうか、なんだかわからないのだけれども周囲がざわざわして騒がしい感じになってきた。

「どうしたんでしょう。なんだかおかしいですよ」

「本当ですね。風の音でしょうか。それとも雷が鳴っているのでしょうか」

笑い止《や》んで訝《いぶか》っていると、恐ろしいことに、空が真っ暗になって、山が振動し始めた。

「いったいどうしたのでしょうか。なにが起こったのでしょうか」

「わかりません。ただ、恐ろしいだけです」

と怯《おび》えていると、山が崩れ始めた。ひとりの男が叫んだ。

「お婆さんの言ったことは本当でしたあっ」

山はとめどなく崩れていった。人々は逃げ惑った。逃げ延びた者もあったが、親にはぐれ、子にはぐれ、築いてきた資産もすべて失い、「ひとりだけ助かったってなんの意味もありません。この先、どうやって生きていったらよいのでしょうか」などと嘆き叫び、苦しみ、悲しんでいた。

そんななかお婆さんだけは、大事なものを失わず、その後も、それまでと同じ水準の生活を続けた。

山が崩れて海となった。それを予言した者を嘲笑《あざわら》った者は全員、死んだ。嘲笑われた者は生きた。なんちゅうことかと思う。


（第三十話）

藤大納言が女に屁《へ》をこかれた

割と前。藤大納言忠家《とうのだいなごんただいえ》という偉い人が、若い青年貴族であった頃の話だが、その夜、藤大納言はひとりの美しい女性と語り合っていた。といって顔と顔を見合わせて語り合っていたのではなく、その頃、みんなそうしていたように、御簾《みす》越しに語り合っていた。かといってよそよそしい関係であったわけではなく、むしろその逆でお互いに燃えるような思いを心に抱いていた。夜が更けるにつれて月はいよいよ明るく、その光はあたりを青く照らして、大納言の情欲・情動をいたく刺激、ついに我慢できなくなった大納言は立ち上がって、御簾をまくり上げて女の近くに行き、その肩を抱いて、ぐいっ、と引き寄せ、そうなるともはや言葉はいらない、女の顔をじっと見た。女は、「恥ずかしい」と言って顔を横に向け、長い髪が女の顔を隠した。そのことによって大納言の情欲は極限まで昂《たか》まり、力をこめて女を抱き寄せようとする、女は、「恥ずかしい、やめて」と言いながら身をくねらせてこれに抵抗する、その拍子に。

ぶうっ。というその場の雰囲気にまったくそぐわない異様な音がして、異様な臭《かざ》が漂った。そう、大納言の強い力に全力で抵抗したそのとき、女は放屁《ほうひ》をしてしまったのである。

女は、こういうときは、なんと言って取り繕えばよいのだろうか。と考え、次の瞬間、どう言っても取り繕えない、と判断、その場にそのまま突っ伏して動かなくなった。

あまりのことに、大納言はもはやその腕のなかに女はいないのにもかかわらず女を抱いた格好で固まっていた。暫《しばら》くして大納言は静かに立ち上がった。

その時点で大納言はある決意をしていた。出家である。家を捨て、豪奢《ごうしゃ》な貴族の生活を捨て、将来の出世を捨て、ひたすら仏に仕え、勤めをする。行いをする。もちろん女と遊ぶようなことは生涯しない。さほどに大納言の受けた衝撃、心の傷は大きかった。立ち上がった大納言は呟《つぶや》いた。

「雰囲気出して、いざこれからやろうというときに屁《へ》ぇこかれるなんて。もう、なにも信じられない。これから女とやろうとする度にあのサウンドが頭に響いてやれない。だったらもう出家しかないでしょう。はっきり言って」

そう言って大納言は、そっと御簾を掻《か》き上げて女の部屋から出た。誰かが追って出てきたら嫌なので大納言は、音のしないように庇の下を歩きながら、吹っ切れたような口調で呟いた。

「マジ、出家しよ」

そんなことを言いながら、音を立てぬように歩いていた大納言であったが、行くうちに、上を向いたり、首をかしげたり、頰を膨らましたり、と、なにかを考えるような表情になり、四メートルばかり行って立ち止まって呟いた。

「けどあれですよね。出家するということはこれまで積み上げてきたものを全部、捨てるっていうことですよね。たかが、女の屁ぇ一発でそれって、どうなんだろうか。実際の話。恥ずかしさのあまり女が出家するというのなら話はわかりますが、女が屁をこいて僕が出家するっておかしくないですか？　うん。絶対、おかしい。こわっ。これでマジ、出家してたら、どうなってたんだろう、俺。やばすぎでしょう。あぶねぇ、あぶねぇ。危うく、とんでもないことするとこだったわ」

そう言って大納言は全力疾走してその場から逃げた。その後、その女がどうなったかという話は伝わっていない。


（第三十四話）

絵仏師の良秀は自分の家が焼けるのを見て爆笑した

これもけっこう前。仏画を専門に描く、良秀《りょうしゅう》という画家がいた。ある日、その良秀の家の隣の家から火が出て、折からの風にあおられ、いまにも良秀の家にも燃え移りそうになったので、良秀は家の前の大通りに逃れた。

実は、そのとき家のなかには制作中の仏画もあったし、妻子も居た。けれども良秀は、それらを救い出そうともせず、また、案ずることもなく、ただひたすら自分が助かったことをよろこんで、大通りの向かい側に立っていた。

そのうち、火は良秀の家に燃え移ったと見え、ぶすぶすと煙が上がり、ちろちろと炎が燃え始めた。良秀はその様子を向かいの家の前に立って眺めていた。あまりのことに茫然《ぼうぜん》としてしまっているのだ、と思った近所の人が来て慰めるように言った。

「えらいこってすなあ」

ところが良秀はそれにも反応をみせず、また、慌てたような様子もない。そこで近

所の人が、

「どうしたんですか。大丈夫ですか。奥さんと子供さん、助けに行かないんですか」

など問うたが、これにも返事をしない。ただ時折、「あ、なるほど」と独話したり、ばはははは、と爆笑するなどし、「いっやー、これは期せずして儲《もう》けものだったなあ。いままでは全然あかんかったけど、これからはもうバッチリやんか」みたいなことまで言っているので、近所の人たちは顔を見合わせ、「気の毒に。あんまりショックやったもんやさかい、頭おかしなったみたいでっせ」と言い合っていた。

ところが、これを聞き咎《とが》めた良秀ははっきりした口調で言った。

「誰が頭おかしなっとんね。ちゃうわ。あのねぇ、私はねぇ、もう長いこと不動明王さんを描いてきましたけどねぇ、後ろの火焔《かえん》が、いまいち迫力がのうて、なんぞこう、ええ工夫はないもんかなあ、と思ていろいろやってみたけど全然、うまいことといけへんなんだんですわ。それがいまあの火ぃを見てるうちに、あ、なるほど火ぃ、ちゅうのはこういう風に燃えるのかとね、わかっちゃったんですよ。それが儲けものっちゅうんです。家は燃えました。家は燃えましたけど、これで完璧な不動明王さん描けまんがな。ほしたら銭、貰《もら》えまんがな。ほしたら家みたいなもん、百軒でも千軒でも建ちまっしゃろがな。嫁はんかてまた貰えまんがな。家一軒燃やして、百軒、家建てたら、そら儲けでっしゃろがな。おたくさんらみたいにね、なんの技能もない人やったら、家一軒、燃やしたら損かも知れませんけど、私は違うんですよ。おほほ」

と良秀は笑い、その場を立ち去った。近所の人々は嫌な気持ちになった。

けれどもその後、良秀が描いた不動明王図は大寺に安置され、世間はこれを、よじり不動、と呼んで尊崇、いまだに尊崇され続けているのである。

（第三十八話）

雀《すずめ》が恩義を感じる

そうとう前。天気のよい日にひとりのお婆《ばあ》さんが縁側に座って自分の髪の毛にたかった虱《しらみ》をとっていた。庭では雀《すずめ》がチュンチュラと鳴きながら跳ねるようにして餌を拾い歩いていた。或《あ》るいはお婆さんが潰して投げ捨てた虱の死骸を拾って食べていたのかも知れない。お婆さんは微笑《ほほえ》んでこれを見守っていた。

そこへ近所の躾《しつけ》が行き届かず、したがって行儀が悪く、頭のなかに虫が湧いたように落ち着きのない、貧乏人の小倅《こせがれ》どもが甲高い声で喚《わめ》き散らしながらやってきて、雀に石を投げた。大方の雀は飛んで逃げて無事であったが、一羽の雀に小石が命中、腰骨が折れて飛ぶことができず、羽をばたばたさせて地面でもがいていた。その様を見たお婆さんは、このままでは鳶《とび》や鴉《からす》などの大形の鳥の餌食《えじき》になってしまう。それではあまりにも可哀相だ、と思って、これを拾って家に上げ、息を吹きかけて体を温め、また、食事を与えた。小桶《こおけ》を用意してこれを雀の寝床とした。お婆さんは慈悲の心で傷ついた雀を保護したのである。

翌日の朝、お婆さんは米を擂《す》って食べさせ、銅を削った粉を骨接ぎの薬として小鳥に投与した。お婆さんの息子やもはや大きい孫は、「おほほ。お婆ちゃんが雀、飼ってる。お婆ちゃんのくせにまるで子供だよ」と言って嘲笑した。

そうして数か月間、手厚く保護するうちに雀の傷は次第に軽快し、以前のように元気に跳ね歩くことができるようになった。そして雀と雖《いえど》も、この人が助けてくれたというのがわかるのだろう、野生動物であるのにもかかわらずお婆さんにはよくなついていた。

そうするとますます可愛《かわい》く、愛《いと》おしくなるから、お婆さんも、ちょっと出掛ける際やなんかでも、家の人に雀のことを宜《よろ》しく頼んでいった。これに対して家の人は、「アホちゃう。雀みたいなしょうむないもん飼《こ》うて。雑草を鉢植えにして水やってるようなもんやん」と批判的であった。しかし、お婆さんは、可哀相ではないか、とあくまでも傷ついた雀を哀れむ姿勢を崩さなかった。

そうこうするうちに雀は家のなかを飛びまわるまでに回復したので、これだけ飛べるのであれば、大形の鳥の餌食になることもあるまい、と思い、また、充分に飛べるかどうか試してみようと思い、表に出て、雀を掌《てのひら》に乗せ、「飛んでみい、ほれ」と言って空に掲げると、雀はふらふら飛び、そのままどこかへ行ってしまった。

お婆さんは、朝晩、世話をして可愛がっていた雀が急にいなくなって、なんとなく手持ちぶさたで寂しく思い、それ以降、折に触れ、「戻ってくるかなあ。なんか寂しいわあ」と洩《も》らすなどして子や孫にまた笑われた。

さあ、それから二十日ばかり経った頃、お婆さんが部屋でぼんやりしていると、庭で雀が喧《かまびす》しく鳴く声がする。あの雀が戻ってきてくれたのかしらん、と思うから立って見に行くと、一羽の雀がチュンチュラしている。雀なんてなものはみな同じような顔をしていて見分けがつかぬものだが、それでも面影というものがある。ああ、あの雀だ。間違いがない、あの雀が世話をしたのを恩義に感じて戻ってきてくれた、と喜んでいると、雀はお婆さんの目を意味ありげに凝《じっ》と見て、そして口から小さな粒のようなものを、ぺっ、と吐き出して、そして飛び去った。

お婆さんは庭に下りてその小さな粒のようなものを見た。瓢《ひさご》の種であった。

ああやって意味ありげに目を見て置いていったのだから、なんらかの意味があるのだろう。お婆さんはそう素直に受け止めて、これを拾い上げて保管した。その様を見て家の者はまた笑った。雀の落としていった種を大事にしているその様が滑稽であったからである。

そこでお婆さんは、ならばとりあえず蒔いてみよう、と考え、庭の片隅にこれを蒔いたところ、秋口にはムチャクチャに繁茂して、普通の瓢簞《ひょうたん》より遥《はる》かに大きい実が大量になった。雀が持ってきてくれた種からなった実なのでお婆さんは嬉《うれ》しくなり、その嬉しさを分け合いたいと思って、近所の人にこれを配って食べてもらった。しかし、とってもとっても実は尽きず、馬鹿にしていた家族も毎日、これを喜んで食べた。近所だけでなく、町内全体に配って、ようやく実がなくなりそうになったので、お婆さんは瓢簞を作ろうと思った。この秋、雀が持ってきてくれた瓢簞がなったということを形にして残しておきたかったからである。お婆さんはなかでもとりわけ大きい実を七つ八つ選んで、天井からぶら下げておいた。

数か月後。そろそろいい感じになってきたかな、と思ったお婆さんは瓢簞を調べた。見た感じいい感じになっていた。そこで、つり下げていたのを下ろして、先端をカットしようとしたところ、思ったよりも重く、不審に思いつつもカットしてみると、口いっぱいまでなにかが詰まっている。なんだろう、と思いつつ、小さめの容れ物を用意して、口を下にしてこれにあけると、なかに入っていたのは、なんということであろう、お米であった。

こ、これは……、と呻《うめ》きつつ、瓢簞の容量に匹敵する大きい容れ物を持ってきて、なかのものをすべて移した。ところが、移した後にもう一度、瓢箪を見るとさっきと同じように口いっぱいまで米が詰まっていた。

これにいたってお婆さんは、この瓢箪は普通の瓢箪ではない、と悟った。そう、この瓢箪はお婆さんが助けた雀が、その恩に報いるためにもたらした無限に白米を生み出す人智《じんち》を超越した瓢箪であったのである。

お婆さんは驚愕《きょうがく》しつつ喜び、そんなら他の瓢箪もそうなのだろうか、と、いったんその瓢箪を物入れに入れ、他の瓢箪を調べてみたが、それらも同じく白米を無限に生み出す瓢箪であった。

それ以降、この家では耕すことなく米を無限に生み出すことができるようになり、その頃、米は富そのものだったから、この家は無限の富を生み出す、あり得ないくらいの大金持ちとなり、人々は珍奇・珍怪な出来事だと思いつつ、羨望の眼差《まなざ》しで一族を見ていた。

さてその大金持ちになったお婆さんの隣に、同じくらいの年格好のお婆さんが家族と共に暮らしていた。そのお婆さんの長男が、「いっやー、同じ年寄りでも、隣のお婆さんは違うね。ああやって大金持ちになって、家族にいい思いさしている。それに引き替え、うちのお母《か》んはどうですか。なーんにもできない、ただの年寄りですよ。あーあ。しょうむな」と、お婆さんに聞こえよがしに嫌味を言った。ちなみに、そもそも雀に石をぶつけて喚き散らしていたのはこの男の息子であった。

それを聞いてむかついた隣の家のお婆さんは、自分も隣のお婆さんと同じように大富を得よう。隣のお婆さんにできて自分にできぬということはないはずだ、と考え、隣家へお婆さんを訪ねた。

「あ、どうも」

「あ、どうも。なんか用ですか」

「ええ。この際、単刀直入に聞きます。あなたはどのようにして、こんな富を得たのですか。なんでも雀が関連しているらしい、ということは聞きましたが、よかったら詳しく教えていただけませんか」

問われてお婆さんは、「別に瓢の種を落としていったのを育てただけですよ」と、単簡に答えて詳しいことを言わなかった。というのは、そらそうだ、自分の成功の秘《ひ》訣《けつ》を容易に人に洩らす人はない。しかし、どうしても大富を得たい隣のお婆さんはそんなことでは引き下がらない、まるで蛇のような執念深さで、いつまでも質問を繰り返してやめず、とうとうお婆さんから核心部分、すなわち、近所の極悪な子供に石を投げつけられて腰を折った雀を保護して治療の後、放したところ、後日、その雀が瓢の種を持ってきた。その種を蒔き、なった実を瓢箪に拵《こしら》えたら、なかから無尽蔵に米が出てくるようになった、という事の経緯を聞き出してしまった。

なるほどそうだったんですね。と言って隣のお婆さんは暫《しばら》く考える風であったがやがて雀を助けたお婆さんの目を真《ま》っ直《す》ぐに見据えて言った。

「その瓢の種を一粒、わけて貰《もら》えませんか」

雀を助けたお婆さんは意外の要求に驚いて言った。

「なんでですか。意味わかんないんですけど」

「近所の誼《よし》み、というやつですよ」

「近所の誼み、なればお米を差し上げたではありませんか。これからもご入用なればいくらでも差し上げます。ただし、種は駄目です。種だけは絶対に差し上げることはできません。これこそが私方の門外不出の宝なのです」

とさすがのお婆さんもこれを断った。

「なるほどね、わかりました。お邪魔しました。また、米を貰いに来ますよ」種を貰えなかったお婆さんは、そう言って表へ出て、薄墨のような眼差しで世間を打ち眺め

て、

「まあ、そりゃ、そうだ。大事の宝を容易に人に与えるはずがない。しかし、大体のことはわかった。腰骨の折れた雀を見つけて、これを助ければ瓢の種を貰える、ということだね。ならば、私も同じことをすれば同じような身の上になれるということだ。よし。やろ」

と言い、それからこんだ表面に油を流したような目で腰の折れた雀を探して歩いたが、腰の折れた雀は落ちていなかった。

「困ったことだ。腰の折れた雀がちっとも落ちていない。まったくもってなんてぇご時世だ」

と隣のお婆さんは嘆いたが、しかし、ここで諦めるようでは大金持ちにはなれない。夢を諦めず絶え間なく努力して初めて人間は成長する、と自らを叱咤《しった》して、それから毎日、目をこらして腰の折れた雀を探した。

そんなある日、何気なく裏口から外に出て、お婆さんは快哉《かいさい》を叫んだ。裏庭で何十羽もの雀が地面に群がってこぼれた米を食べていたのである。けれども困ったことにどの雀も元気、踊るように跳ね回って、具合の悪そうなのは一羽もいない。

しかし、ここで諦めては駄目、人間は努力しなければならない。腰の折れた雀がいないのであれば自分で折ればよいのだ。

そう考えたお婆さんは、小石を拾って雀めがけて力の限りに投げつけた。何度も何度も投げつけた。一羽の雀めがけて一発だけ投げたのであれば、そうそう命中するものではないが、密集しているところへ何発も投げたものだから、多くは異変を察知して飛んで逃げたが、なかに石が命中して、ぎゃ、倒れて飛べなくなる雀があった。お婆さんは駆け寄ってこれを鷲掴《わしづか》みに掴み、念には念、というので、左手で雀を持ち、右手でその腰をひねるようにして折り、あり合わせの箱に入れて持ち帰り、苦しむ雀の口に米粒をグイグイ押し込んだ。そのうえで隣のお婆さんは、

「あの人は一羽であれだけの富を得た。これが数羽だったらあの人の富を大幅に上回る富を得ることができる。そうしたら子や孫は私をあの人以上に尊崇するだろう。よし、私はあと、数羽、雀を捕まえて腰骨をへし折って、そうして治そう。おおそうじゃ」

と呟《つぶや》いて、裏庭に米を撒《ま》き、物陰に身を隠し、米につられて集まってきた雀に石を打ちつけ、都合三羽の雀の腰骨をへし折り、「まあ、こんなもんでしょう」と嘯《うそぶ》いて、桶に入れて、大富を得たお婆さんに聞いたとおり、銅の粉を食べさせて、米も食べさせた。

隣のお婆さんのように慈悲の心でなした訳《わけ》ではなく、欲得尽くでなした訳だが、しかしまあ三月もすれば傷も治ってきたので、やはり聞いたとおりに、空に放した。お婆さんは、「三週間後が楽しみだ。おほほ」と笑って踊りながら家に入っていった。

雀は、ふらふらと飛び上がり、けれどもすぐに疲れて、近所の家の軒先に止まってしまった。雀たちは話し合った。

「しかし、えらい目に遭いましたなあ」

「えらい目に遭いました。私、死ぬかと思いました」

「腰の骨、折られたときですよね。私も思いました」

「ええ、そのときもですけど、腰、痛いのに思いっきり摑まれて銅の粉をグイグイ口に押し込められたとき、息はできないわ、腰は痛いわ、でマジ、死ぬかと思いました」

「ほんまですよね。まったくもってなんちゅう、お婆《ば》ンなんでしょうね」

「けどあれで恩返ししてもらえると本気で思ってるんですよ。いいことしたつもりでいるんです」

「え？　恩返しするんですか」

「するわけないでしょう。逆に復讐《ふくしゅう》したいくらいですよ」

「ホントですよね」

と、そんなことを雀たちは話していた。


十日後。お婆さんが、まあ、二十日と言っていたのでまだ来ないだろう、と思いつつ、でももしかしたら早い目に来るかも知れない、と思いながら裏庭に出てみると、三羽の雀が編隊を組んで飛んできた。果たして種は、と見ると、間違いない、口に種のようなものをくわえており、これを、お婆さんの目の前で、ペッ、と吐き出すと、急旋回して元来た方角へ戻っていった。

「これで私も大金持ちだ。長い間、頑張って生きてきた甲斐《かい》があった」

と、お婆さんは喜び、そして三粒の瓢の種を拾い、三箇所に丁寧に蒔いた。

暫くすると、普通ではあり得ない速度で成長し、ムチャクチャに大きくなった。けれども実はそれほどでもなく、七つか八つ、なったばかりであった。しかし、それでもお婆さんは喜び、へらへら笑いながら息子に言った。

「あなた、私のことをしょうむない年寄りと言いましたよね。でもどうです。種、三つですよ。隣の人の三倍ですよ。すごいと思いませんか」

言われて息子は、もし本当に米が出たらそうですね。そうなったら私も嬉しいです。

と言い、そして続けてお婆さんに言った。

「とにかく、食べてみましょう」

「なにをですか」

「実に決まってるじゃないですか」

「馬鹿なことを言ってはなりません。実の数が少ないんですからね。米を多く取るために食べないで置いておかなければなりません。食べないようにしましょう。近所に配るなどもっての外です」

「けど、隣のお婆さんは近所にも仰山《ぎょうさん》、配りましたよね。それを配らなかったらなんて言われるでしょうねぇ。三つも種あるくせに近所は無視かよ。はっ、吝嗇《けち》な婆ぁだ。それにひきかえ、その隣のお婆さんは、よいお婆さんだ。みんなに配ってみんなを幸せにした。あのクソ婆ぁは駄目だ。早く死なないかなあ、と言われるでしょうね。果たしてそれでいいんですかね」

「そ、それはまずい。あんな偽善的な女に負けるわけにはいかない。わかりました。配りましょう。私たちも食べましょう」

そう言ってお婆さんは大量の実を煮て近所に配って歩き、そのうえで家族と共にこれを食した。ところが。

全員が、一口食べるや、ぎゃん、と泣き声をあげてその場に倒れ伏した。あり得ないくらい苦かったからである。また、ただ苦いだけではなく強力な毒物でもあったらしく、みな、嘔吐《おうと》し、痙攣《けいれん》し、意識混濁し、目の焦点が合わず、涎《よだれ》を垂れ流して譫言《うわごと》を発し、脱力して動けなくなり、喚《わめ》き散らして暴れ、ゲラゲラ笑い続け、泣き叫ぶなど、とんでもない事態となった。

そして当然のごとくに近所の人も同じ症状に見舞われ、ようやっと動けるようになった者がみな怒ってお婆さんの家の戸口に殺到、

「いったいなんというものを食べさせてくれたのだ。俺は死ぬかと思った」

「俺も死ぬかと思った」

「食べた者ばかりではない。うっかり湯気の匂いを嗅いだ者でさえ、昏倒《こんとう》して悶《もだ》え苦しんだ。いったいなんのつもりであんな猛毒を配ったんだ」

「村を滅亡させるつもりだったのか」

と、口々に怒声・罵声を発したが反応がない。おかしいと思ってなかに入ってみると、家中の者が、白目を剝《む》き、涎を垂らし、アウアウ言って昏倒しているものだから、それ以上、なにも言えず、その日はとりあえず引き揚げたのだった。

幸い、二、三日すると症状も消え、とりあえず騒動は収まったが、なぜこんなこと

になったのだろうか、という疑問は残った。

なぜこんなことになったのだろうか。

お婆さんは以下のごとき推論を立てた。

あの実は米に変化する過程にあった。瓢簞の実が米に変化するとき、それはいったん毒物になる。いったん毒物になってそれから米になる。したがって私たちは米になるのを待つべきだった。また、食べるのであれば毒物になる前に食べるべきであった。それを私は躊躇《ちゅうちょ》して暫く食べなかった。そんなら米になるのを待てばよかったのだが息子があんなことを言うので食べてしまった。だからあんなことになった。けれども、なぜ実が毒物になって米になるのか。私たちはそれを考えてはならない。なぜならそれは人智を超えた菩薩《ぼさつ》の計らいであるからである。

そしてそのうえでお婆さんは、ならば残りの実には手を付けず、とにかく瓢簞に拵えるに如《し》くはない、と考え、残りのすべての瓢簞を天井から吊《つる》した。

何か月かして、さあ、そろそろ米になっただろう、というので、米を入れるための大きめの桶なども用意して、へっへっ、と笑いながら瓢簞をぶら下げてある部屋に入った。自分もついに大金持ちになる。そう思うと自然に笑みがこぼれた。お婆さんには歯がなかった。その歯のない口を耳元まで開けて、暗い部屋でお婆さんはひとりで笑っていた。へっへっへっへっ。それはかなり不気味な光景であった。

お婆さんは、天井に吊してあった八つの瓢箪のなかからひとつを選んでとりおろした。瓢箪は、ずしっ、と重かった。へっへっへっ。笑いながら口を切り、へっへっへっ。笑いながらこれを傾け、桶に移した。ザラザラザラ。と口より出てきたものが、米なれば白いはずであるが、黒かった。

精米しない米だったのだろうか。そうではなかった。瓢箪から出てきたのは米ではなく、虻《あぶ》、蜂、百足《むかで》、蜥蜴《とかげ》、蛇といった人を刺す毒虫どもであった。

毒虫どもは外に出るや直ちに猛《たけ》り立ち、お婆さんの全身にたかってこれを刺して吸血し、また、毒を注入した。普通であれば痛みを感じ、異変を察知、瓢箪に蓋をしてそれ以上、虫が出てこないようにしたうえで逃亡するはずであるが、欲に目が眩《くら》み、欲に狂ってしまったお婆さんは痛みをまったく感じず、大量に噴出した米が桶のなかで跳ね返って自分の身体にぶつかったのだろう、くらいにしか思わず、「そんなに勢いよく出ちゃ、いやよ。少しずつ出しましょうね。ねぇー、雀ちゃん」と、子供をあやすような口調で言っていた。

そして米が無尽蔵であったのと同じように毒虫も無尽蔵であった。

噴出する毒虫は、お婆さんの全身にたかり、毒虫が人の形をしているようになったお婆さんは全身を刺されて死んだ。そうこうするうち、天井に吊してあった、残り七つの瓢箪の口を内側から切り破って、無数の毒虫が噴出、部屋いっぱいに充満した毒虫は、壁や戸を打ち破って、他の部屋に侵入、お婆さんの息子や娘、兄弟姉妹、その子供たちに襲いかかり、すべての者が全身を刺されて死亡した。

なぜそんなことになったのか。

雀の復讐であった。

平和に暮らしていたところを、自らの欲望を満たすために、捕らえられ、腰骨を折られた雀は復讐を誓い、日頃より交際のあった毒虫に依頼して種になって貰い、その毒虫の種を強欲なお婆さんの許《もと》に齎《もたら》したのであった。

ではなぜ毒虫は種になることができたのか。それはわからない。わからないが、ひとつだけ言えるのは、成功した人を羨み、慈悲の心を持たず欲得尽くで、形だけ真似をすれば、このような毒虫の種子が、どこからともなく齎される、ということである。

（第四十八話）

小野篁の才能

前。小野篁《おののたかむら》という人がいて嵯峨《さが》天皇に仕えていた。その嵯峨天皇の宮殿に、誰がそんなことをしたのだろう、札が立った。札には、「無悪善」と書いてあった。なんと読むのか、そしてどういう意味なのか誰もわからなかった。

そこで嵯峨天皇は小野篁を呼んで、「読みなさい」と命令した。小野篁は言った。

「あ、これですか。はい。読みました」

「なんと書いてあるのですか」

「とてもじゃないけど言えません」

「なぜですか」

「畏れ多いことが書いてあるからです」

「構いません。言いなさい。読んだからといって怒ったり、ましてや、あなたを咎《とが》めたり、責めたりするようなことは絶対にしません」

「ホントですか？　じゃあ読みます。これは、『さがなくてよからん、つまり悪、無ければ、善からん』、つまり、嵯峨天皇なんか死ねばいいんだ、と書いてあるんです」

「なるほど。ひとつ言っていいですか」

「なんでしょうか」

「すごいむかつくんですけど」

「怒らないって言ったじゃないですか」

「言いました。それでもむかつくものは仕方がありません。あと、もうひとつ言っていいですか」

「なんですか」

「これ書いたの、あなたですよね。咎めたいんですけど」

「だから読みたくないって言ったんですよ。絶対に私じゃありません」

「けど、こんなの、書いた本人じゃないと読めないに決まっているじゃありませんか。その証拠に宮中に読めた人は誰も居なかった。あんただけが読めた」

「誤解です。私に人並み外れた語学の才能がある、というだけの話です」

「なるほど。じゃあ、あなたはなんでも読めるのですね。どんな字でも読めるのですね」

「ええ、まあ、一通りは」

「じゃあ、これはどうですか」

そう言って嵯峨天皇は、傍らに控える係の者に字を書かせ小野篁に字を書いた紙を渡した。紙には、
子子子子子子子子子子子子
と、書いてあった。小野篁は即答した。

「これは、『猫の子の子猫、獅子《しし》の子の小獅子《こじし》』と読みます」

なるほど、子という字は、こ、と訓《よ》み、また、ね、と訓み、さらに、し、とも訓む。小野篁はこれを組み合わせて同じ文字を十二重ねた無意味な文字の連なりを意味ある文章として読んだのである。

答えを聞いた嵯峨天皇は、ほほん、と笑って首を横に曲げたりグルグル回したりして小野篁をそれ以上追及しなかった。できなかった。


（第四十九話）

平中が本院侍従にやられる

割と前のこと。兵衛佐《ひょうえのすけ》平貞文《たいらのさだふん》、通称・平中《へいちゅう》という人がいた。この人は激烈に女に持てて、それが貴族の女はもちろんのこと、一般の町の娘でも、いいな、と思うと関係を持った。といって強引なことをしたわけではなく、顔もいいし、歌もうまい貴公子だから、向こうも喜んで付き合ったのである。

ところが、村上天皇の母后《ははきさき》に仕える女房に本院侍従と呼ばれる女がおり、激烈にいい女と評判の女だったが、この女だけは、平中がいくら言い寄っても、なにをしても靡《なび》かなかった。手紙を送るなどすると、いい感じの返事は来る。けれどもよく読むと、そのいい感じはあくまでも表面上の修辞であって、実際にはおまえのことなどなんとも思っていない、ということがよくわかるように書いてあり、その意味で二重に巧みな手紙だった。

そうなると、どうしても自分のものにしたくなってくるのだけれども、そんなことの繰り返しで事態はまるで進展せず、平中は、「まあ、しかしいずれは気持ちが通じるときが来るはずだ」と、ともすればおかしくなりそうな自分の精神を鎮めつつ、例えば、すべてのものが紅《あか》く染まって情感の昂《たか》まる夕暮れ時や、青い月の光が人の精神・神経を昂ぶらせる月が満ちて空気が澄んだ夜など、こんなときなればさすがのあの女も雰囲気に流されるのではないか、と企図して訪問してみるのだけれども、どうもはかばかしくないのは、世間の目があるところでは、すげない態度を取って、薄情な女、と思われるのを防止するために、まあまあいい感じだなのだが、うまいこと言って逃れるというか、口にしてノーとは絶対に言わないのだけれども、どう考えてもこれはノーでしょうみたいな、でも表面上は優しく応対しているみたいな、おちょくった態度を取られ続けたからであった。

そんなことで平中は発狂していたのだけれども、五月の終わり頃、その日は朝から猛烈な、これまで経験したことのないような雨が降り、河川が増水、橋も流されるような状態だったのを、「こんな夜に訪ねていけば、そこまで私のことを思ってくれているのか、と感激して思いを遂げさせてくれるかも」と考えて、暗くなるのを待って本当に出掛けていった。

途中、何度か死にかけたが、「今日は絶対に思いを遂げさせてくれるはず」と、一心に思って、なんとか彼女が起居する部屋にたどり着き、来意を告げると、スタッフの女性が対応してくれ、「いま侍従は奥でお后様のご用を務めております。いらっしゃったことをお伝えしますので、あがって少しお待ちください」と言ってくれて、隅っこの部屋に案内、「ここで待っていてください」と言って奥へ通っていった。

こんなところまであげてもらったのは初めてなので、なにかと物珍しい平中は、きょろきょろして部屋の様子を見た。間接照明が仄《ほの》かに灯《とも》り、大きな竹籠《たけかご》を伏せ、その上に夜着と思われる美しい衣類が掛けてある。竹籠のなかには香が薫《くん》じてあって、非常なテラピー効果を発揮、すべてにおいてセンスがよく、そのうえで、いちいち情感が高まるようにしつらえてあるのはさすがだなあ、と、平中がフンフンしていると、先ほどの女性スタッフが戻ってきて、「いま、お戻りになられました」と告げ、うれしさで頭がおかしくなりかけているところに、いよよ本院侍従が入ってきた。侍従は平中の顔を見て、

「こんなひどい雨なのに。なぜ？」

と、問うた。声を聞いただけでどうにかなりそうだ、と思いつつ平中は、なんとかして気の利いたことを言って気に入られようと思って、

「この程度の雨で来ない？　僕が？　莫迦《ばか》な。僕のあなたへの思いはそんな浅いもん

じゃない」

と、ようよう言い、それから女の側に寄り、その髪に触れた。髪に触れるということはもっとも個人的な領域に触れることであったが女は抵抗しなかった。そしてその髪の感触は言語で表現できないくらい素晴らしいものであった。そのまま二人は寄り添って、指と指を絡ませたり、また、髪に触れたりしながら、グチャグチャしていた。平中は、今日こそは間違いない。この流れであれば間違いなくやらせてもらえる。あひいいいいいいっ、と昂奮《こうふん》し、押し倒すタイミングを見計らって、さあ、押し倒そう、とした、そのとき、本院侍従が、

「ああ、なんということでしょう。たったいま思い出したのですが、私は先ほどお后様の御前《ごぜん》を退出する際、奥へ通る途中の部屋の引き戸を開けたままで退出してしまいました。このままにしておくと明朝『いったい誰が引き戸を開けたままで退出したのだ。もしなんかあったらどうするのだ。誰が責任を取るのだ』と大騒ぎになります。ちょっと行って閉めてきます。すぐに戻ります」

と言って立ち上がり、奥へ立っていった。女は平中の許《もと》に上衣《うわぎ》を残していった。

女を信じきっている平中が耳を澄ましていると、確かに奥で戸の閉まる音がした。ほほほ。よし、閉めた。閉めたら、さあ、さっきの続きを始めましょう、と平中は

ギンギンだった。ところが、こっちへ戻ってくる足音がしない。

え？　なんでなんでなんで？　なんで戻ってくる足音しないの？　はっはーん。わかった。足音がしないようにそうっと歩いて急に入ってきて僕を驚かせようと、そんなことをしようと思っているのか。ふふ。可愛《かわい》いやつ。

なんて平中は思っていたが、いくら待っても戻ってこない。ということは、こんな雨のなか、しかも夜更けに外に出て行くということはないから、奥の部屋に入ってしまったということで、そうと悟った瞬間、平中はもう錯乱したような状態になって、そんなだったらいっそのこと奥の部屋に這《は》っていって、そこで犯してやろう、とまで考えたが、さすがに、そんなことをしたら身の破滅、と思い直し、女の上衣を抱きしめたまま号泣したり、また、あのとき戸を閉めに行かせなかったらやれたのに、などと後悔の臍《ほぞ》を噛《か》んで、夜通し悶《もだ》え苦しんで、明るくなるのを待って帰っていった。

平中は自分の家に帰ってもまだくよくよ女のことを考え、このままフェイドアウトするのは悲しすぎる、というので、騙《だま》された自分がいかに悲しかったか、辛《つら》かったか、眩暈《めまい》がしたか、吐き気がしたか、胸が痛んだか、胃に鈍痛を感じたか、顔面が紅潮したか、冷や汗が流れたか、死に方を考えたか、など綿々と記した、最後の方は錯乱状態でなにを書いているかわからない長大な手紙を女に送った。したところ女からすぐに返事が来て、震える指先でこれを開いて読むと、「私はあなたを騙していません。部屋に戻ろうと思ったらお后様のお召しがあって戻れなくなってしまったのです。また、次の機会があれば、その際はよろしくお願いします」と、簡潔に記してあり、これを読んだ平中は、まだ、脈があるのか、と思うと同時に、いやいや、いいように嬲《なぶ》られているのだ、とも思い、そんなことを考えれば考えるほどしかし恋慕の気持ちはますます募って気をおかしくしていた。

そしてついに平中は決心をした。女を諦める決心である。なぜなら、このままでは本当に気がおかしくなって、自分でも統御の利かないまま、白昼、みんなが見ている前であの人に襲いかかる、なんてこともしかねないと思ったからで、平中は、随身《ずいじん》、すなわち、常に自分の身近に居て警備を担当し、また、秘書的なこともする若い男を呼んで言った。

「こうこうこうこうこういう訳《わけ》で、僕は本院侍従を諦めることにした。それについてひとつ君に頼みたいことがあるんだがね」

「はい。なんでしょうか」

「あの人の便器を盗んできてもらいたいのだ」

「はあ？」

「いや、だからね、あの人が便器で用を足すでしょう。そうすると掃除係がそれを処理するために部屋から持って出るでしょう。おそらく革張りの箱に入れて持って出るはずです。それを奪い取って僕に見せてください、とこう言っているのです」

と言うといちいち便器を持ち出すのか、と不思議に思うかも知れないが、あの頃、貴族の邸宅ではそういう風にして排泄物《はいせつぶつ》を処理していた。持ち運びのできる便器に用を足し、それを係の者が持ち去って処理をしていたというわけである。それを盗んでこい、と言われたのだから随身は驚愕《きょうがく》した。随身は言った。

「あのお……」

「なんですか」

「頭、大丈夫ですか」

「大丈夫だよ。大丈夫過ぎるくらいだよ。あのね、なにも私は頭がおかしくなってこんなことを言ってるんじゃないんだよ。しょうがない。理由を話しましょう。君も知ってるとおり、僕はあの女に、いいように嬲られて、それでも好きで好きでたまらない。そういう意味では頭がおかしくなってると思う。そして、このまま思いを遂げることができなければ本当におかしくなってしまうような気がする。なので、すぱっと諦めようと思う。けれども、あまりにも好きなので、普通のやり方では諦めきれない。そこで、だ、あの女の身体から出た穢《きたな》いものを見て、その匂いを嗅げば、さすがに幻滅して諦めることができるだろう、とこう考えたんだよ」

「なるほど。そういうことでしたらわかりました。盗んできますので少しお待ちください」

という訳で、随身は便器の入った革張りの箱を盗むために女性の住む邸宅に潜伏し、数日間、様子を窺《うかが》い、ようやっと革張りの箱を持って庭を通る掃除係を見つけ、これを奪わんと飛び出し、突然のことに驚いて逃げる掃除係を追い詰めたうえで、これを奪い取って平中の邸宅に持ち帰った。

「盗んできました」

「いやあ、ありがとう、ありがとう」

と、平中は喜びつつ、これを受け取った。

「君も一緒に見ないか」

「結構です」

「そうか、じゃあ、私ひとりで見よう」

そう言って平中は受け取った箱を改めて見た。箱は黄色みを帯びた赤の薄い布を三枚重ねてくるんであった。平中は顔を近づけて箱の匂いを嗅いだ。この時点ではまったく臭くなかった。それどころか逆にいい匂いがした。

「布に匂いを付けてあるのだろう。けれどもこのなかにはくっさいくっさい、あの人のアレが入っているのだ」

そう思うと平中はなんだか異様に昂奮し、震える手で布の結び目を解いた。そして、目を閉じ、顔を背けて箱の蓋を取った。

ズコーン、と匂いが来た。けれどもそれは臭い匂いではなく、たとえようもない、天にも昇る心地のするような、よい匂いであった。

え？　なになになになに？　この匂い、なに？

驚愕した平中が目を開いて箱のなかを見ると、なんということであろうか、箱のなかには、香木を濃く煮詰めた水と丸めた練香《ねりこう》が入っていた。これでは、よい匂いがして当然である。見た目はまさにアレなのだが。

それを見た平中はもうなにも言えなかった。なにも考えられなかった。

「穢いものを見て諦めようと思ったのに、こんな鮮やかなことをする。一体全体なんという女か。どこまで人の心というものを知り尽くしているのだ」

と、ただ死ぬほど思い詰めるばかりだった。そして女を思いきることができず、半ばは発狂した状態で恋い焦がれ続けたが、結局のところ思いを遂げることはできなかった。

「持て男、と言われた私だがあの女にだけはマジでやられた」

と、平中は人にこっそり語ったという。

（第五十話）

範久阿闍梨《あじゃり》は西に背を向けなかった

けっこう前。範久阿闍梨《はんきゅうあじゃり》というお坊さんがいた。範久阿闍梨は比叡山延暦寺《ひえいざんえんりゃくじ》の楞厳院《りょうごんいん》に住んでいた。ただただ、西方極楽浄土に往生することを願い、どんなときでも、西に背中を向けなかった。また、西に向かって大小便をせず、唾を吐かなかった。夕日を背中に浴びることもしなかったし、用があって麓に下り、西の坂から比叡山に登らなければならないときは、身体を横にして歩いた。

範久阿闍梨は口癖のように言っていた。

「樹木が倒れるときは必ず傾いている方に倒れます。人間も同じこと。常に西の方角を心にかけて常に西を向いておれば西方極楽浄土に往生できるはずです。間違いありません」

そして範久阿闍梨はその通り往生した。

範久阿闍梨は往生者の列伝の二十番目に記載されているそうだ。

（第七十三話）

楽人である家綱と行綱が兄弟互いに騙《だま》しあった

この話も比較的前の話。宮中の大社で神楽《かぐら》などする際、いろんな芸事をする人は、まあいわば笑いものであり、一段下に見られがちだが、この話に出てくる、家綱《いえつな》、行《ゆき》綱《つな》兄弟の二人の芸は天下にならびなき名人芸だった。

その頃は堀河院が御位《みくらい》に就いておられた御時《おおんとき》で、宮中の庭で神楽が奉納された夜、堀河院が係の者を呼んで言った。

「今夜はいつもと違った珍しい芸を演じた方がよいでしょう。そのように手配してください」

「かしこまりました」

請け負った係の人は誰に頼もうかと考えたうえで、やはり家綱がよろしかろうと考え、家綱を呼び、院の仰せを伝えた。わっかりました。と返事をした家綱は、なにをしようかな、と暫《しばら》く考え、あることを思いついたので、弟の行綱を庭の片隅に呼んで言った。

「なにか珍しいことをせよ、との仰せで、あることを思いつきました。意見を聞かせて貰《もら》えませんか」

「なにをしようというのです」

「神楽の際、かがり火を焚きますよね。その近くに走って出ていきます。そのとき、袴《はかま》の裾を限界まで持ち上げて下半身を丸出しにします。そして、『よりによりに夜の更けて、さりにさりに寒いので、ふりちゅうふぐりを、ありちゅう炙《あぶ》ろう』と言います。寒いので睾丸《こうがん》をかがり火で炙ろうという意味です。言いながらかがり火の周囲を三度回るのです。けっこう笑うのではないでしょうか」

　それを聞いた行綱が表情を曇らせて言った。

「確かに笑います。笑いますが尊い御方の目の前で下半身を丸出しにしてキンタマとか言うのはご無礼なのではないでしょうか」

　それを聞いた家綱ははっとしたような顔をして言った。

「あ、なるほど。そこには気がつきませんでした。あなたの言うとおりです。ですよね。やっぱりやめておきます。いや、あなたに相談してよかったです」

　一方その頃、集まった位の高い貴族たちは、院が仰《おつしや》ったことを聞いて知っていたので、「いっやー、どうも、今日はどんな芸能を見られるのでしょうね。楽しみですねぇ」と、グングンに期待して待っていた。

そこへ、神楽の司会者が「さあ、次は家綱です」と声を掛け、家綱が登場した。ところが家綱は特に珍しくもない、いつもの感じの所作をして、それでそのまま引っ込んでしまったので、院も周囲の人も、見ていた人はみんな、がっかりして力を落としてしまった。

そこで司会者は、「さあ、次は行綱です」と言って、行綱を舞台に上げた。

行綱は、寒くて寒くてたまらないといった様子で、首をすくめ、両肘をさすり、膝頭をこすり合わせるようにして内股で歩いて進み出て、それから、袴の裾を両の手で脚の付け根までクンクンにたくし上げて生白くて細い脚を丸出しにしたうえで、寒さに震えるようなビブラートのかかった声で、

「よりによりに夜の更けて、さりにさりに寒いので、ふりちゅうふぐりを、ありちゅう炙ろう」と言いながら、火の周りを十周した。

大爆笑であった。

大事の舞台。家綱は仕損じ、行綱は面目を施した。

しかし、それは元々、家綱が考えついたプランであった。それを、失礼だから、と

かなんとか言ってやめさせておいて、自分がやって受けるなんて、なにちゅう卑怯《ひきよう》な奴だ。と、家綱は腹を立て、以降、二人は口もきかず、目も合わせなくなった。

しかし家綱は、「腹は立ちますが、このまま仲違《なかたが》いをしていると世間の評判も悪くなるし、なんとかしないと駄目なのではないでしょうか」と考え、

「こうなってしまった経緯については私にも言い分があります。けれども、です。こうした状態をいつまでも続けるのはよくないことだと私は思います。お互いに努力して和解したらいいと思います。意見を聞かせてください」

と言ったので、仕掛けた方だけに自分から和解を持ちかけられなかった行綱は、ほっとしてこれを受け入れ、家綱と行綱は和解、その関係は従前に復したようにみえた。

そして暫くして兄弟は、賀茂《かも》の上下《かみしも》の社の臨時の祭の後の宴会の神楽に出演することになった。

出番前に行綱が家綱に言った。

「司会が呼んだら、私は竹の植えてある台のところに行って、ざわざわ音を立てます。そうしたら、あなたは、『あれはなんだあ?』と大声で言ってください。そしたら私は、『竹豹《ちくひよう》やがなあっ』とこう言います。一同が大爆笑します。と、今日はこういう段取りでいきたいのですが、どう思いますか。あなたの意見を聞かせてください」

「問題ないと思います。頑張って科白《せりふ》を言います」

家綱がそう言ってその日の演出プランが定まった。

そしていよいよ本番。司会者が大きな声で言った。

「さあ。では行綱さん、どうぞ」

呼ばれたる行綱は、ゆらっ、と立ち上がり、竹の台のところまで行くと、四《よ》つん這《ば》いになって、のそのそ歩いたり、顔を横に向けたりしつつ家綱が、「あれはなんだあ？」と言うのを待った。家綱がそう言ったら私は絶妙のタイミングで、「竹豹やがなあっ」と言う。そしたら大爆笑、間違いなしだ。四つん這いの行綱はそう思っていた。

そして家綱が大声で言った。

「あれはなにをする竹豹だ？」

行綱は驚愕《きょうがく》した。竹豹と言って笑わそうと思っていたのにあろうことかその落ちを家綱が先に言ってしまったからである。真に困惑した行綱は、

「あなたが先に竹豹言ってまうから私は言うことなくなってしまったじゃないですか」

と半泣きで叫んでその場から逃げ去った。

その困惑ぶり慌てぶりが逆におかしく一同は大爆笑し、そしてそれは主上にまで聞こえ、主上にも大受けしたらしい。
家綱は実は行綱を許していなかったのである。

（第七十四話）

新妻が平仮名の暦を作って貰《もら》ったら大変なことになった話

これもかなり前の話。ある人の新妻が、人に紙を貰《もら》い、その紙をくれた人の家にいた若い僧に、「平仮名で暦を書いてください」と頼んだ。この若い妻は漢字が読めなかったからである。

「おやすいご用です」

そう言って僧は暦を書き始めた。最初の頃は真面目に、神事仏事をするとよい日、なにをしても凶で外出もやめた方がよい日、最凶の忌み日、なんて書いていたのが、だんだん飽きてきて、最後の方になると、ご飯を食べたらあかん日、歩いていて猿を見たら大食いする日、など、ふざけたことを書き始めた。

できあがった暦を見た新妻は、おかしな暦だわ、と思ったが、まさか完全なデタラメだとは思わないから、これをいちいち守っていた。

そんなある日の朝、暦を見ると、「大をしたらあかん日」と書いてあった。まさかそんなアホなとは思ったが、自分にはわからない理由があるのだろう、と思い、便意を堪《こら》えてその日は耐えたが、なんということであろう、その次の日も、その次の日も、その次の日も、延々と、「大をしたらあかん日」が、まるで何日も続く忌み日のように続いて、最初の二日三日は、気合いで耐えたが、四日目ともなるともうどうにも我慢が出来なくなり、俯《うつぶ》せになった姿勢で、尻を高く上げ、両手でこれを押さえ、「どうしよう、どうしよう、出るうっ、出るうっ」など譫言《うわごと》を発して悶《もだ》え苦しんだ挙げ句、「あああああっ、だめえええええっ、出るうっ、あっ、あっ」と、ひときわ甲高い声で叫んだかと思ったら、ぶりぶりぶりぶりっ、という音とともに大量に洩《も》らし、そのまま気絶してしまったらしい。悲しいことである。

（第七十六話）

ある僧が出された料理を盗み食いした話

これも前の話。ある人が僧を饗応《きょうおう》した。その時季にしか出回らない氷魚《ひうお》という珍しい魚が偶々《たまたま》手に入ったので、これも食膳に供した。僧は少ない量を感謝して食べ、珍《ちん》味佳肴《みかこう》を目の前にしてがつがつしたところがまったく感じられないのはさすがであった。

食事の途中で主は、ちょっと、と呼ばれて奥へ入った。暫《しばら》くして戻ってきた主は驚いた。氷魚を盛った鉢がほとんど空になっていたからである。主はそのことに関して、僧がなにか、例えば、「非常に美味だったので出家の身でありながら大量に食べてしまいました。テヘペロ」といったようなことを言うかな、と思ったがまったく言及しないので、気がつかなかったことにして話を続けた。したところ。

突然、僧が、ガハッ、ゲハッ、と噎《む》せ始め、オオンオワン、オッホホン、とひときわ大きな声で言ったとき、その鼻の穴から、五センチくらいの氷魚が飛んで出た。

主が驚いて、

「だ、大丈夫ですか。鼻から氷魚が飛び出ましたが」

と言ったところ、僧は間髪を入れずに、

「まったく大丈夫です。問題ありません。最近の雹《ひょう》は空からではなく鼻から降るんですよ」

と態《わざ》と余裕をかました感じで言ったので主人もすかさず、

「そんな訳《わけ》あるかいっ」

と突き込み、そこにいた全員が爆笑して平和な感じになった。

（第七十九話）

三条中納言が節制を試みた

割と前。三条中納言《ちゅうなごん》という人がいた。三条右大臣の息子さんで、学識に富み、海外の最先端の情報に精通し、また、国内の政治経済法律文化芸術すべてにわたって該博《がいはく》な知識を有していた。だからといって偉ぶることもなく人間的にも頗《すこぶ》る魅力のある人で、決断力実行力にも優れ、笙《しょう》などは達人の域に達していた。

そして、たいそう肥《ふと》っておられた。

肥りすぎるくらいに肥っておられた。

どれくらいに肥っておられたかというと、ちょっと屈んで沓《くつ》を履いたり、いったん横になったりすると自力で立ち上がれないくらいに肥っておられた。

これではいかぬ、というので、重秀《しげひで》というお医者さんを呼んで相談をした。

「いっやー、肥りすぎでなにをするのにも苦労してるんですわ」

「あ、なるほど。これはまずいですね。目方を減らして参りましょう」

「どうやったら減りますかね」

「脂っこいものを食べないようにしてください」

「脂っこいものちいますと?」

「鳥獣の肉とか脂身とかですよ」

「あ、なるほど。ほんだらご飯だけよばれるようにしますわ」

「ご飯もね、普通に食べるんじゃなくて水飯ということにしてください」

「水飯ってなんですか」

「いわゆるところの湯漬けですよ。夏場は冷たいお出汁《だし》かなんかをかけるとおいしいのじゃないかしら」

「わかりました。ほな、そないさしてもらいます」

という訳で三条中納言、その日より水飯ばっかり食べて暮らした。ところがちっとも瘦せないで相変わらず肥っている。

「おっかしいなあ、どういうことだろう」

「どういうことでしょうねぇ」

「なんかが間違ってるんですかねぇ」

「そんなことないでしょう。だって水飯しか食べてないわけだし」

「とりあえず重秀さんに来てもらって診てもらうしかないですかねぇ」

「ですねぇ」

と、周囲の者と相談、重秀医師を呼びにやり、呼ばれてやってきた重秀に訴えた。

「ご覧の通り、ちっとも痩せませんのやけど、どないなってるんでしょうか」

「おっかしいなあ。水飯……」

「さあ、その水飯より食べしません。それで痩せませんねや。それでね、もしかしたらなにかが間違ってるんやないかと思いましてね、ちょっと食べるとこ、先生に見てもらおう、とこう思いましたんですけど、どうでしょうかね」

「ああ、ほんだら、めしてもらいましょう」

「ああ、よかった。ほだ、いつものやつ、水飯、用意してここい持てきて」

「かしこまりました」

そう言って使用人が下がり、やがて三条中納言の水飯一式を運んできた。

まず係の使用人が持ってきたのはお膳。それから箸。

それから別の食事係が持ってきたのは巨大な皿に長さ十センチくらいの瓜《うり》の干したのが十ばかり載せてあり、それから鮎《あゆ》を熟《な》れずしに拵《こしら》えたの、身厚で幅の広いのが、尾と頭を互い違いに三十ばかり、山盛りに重ねてあるのをお膳に置き、さらにその脇に直径が三十センチくらいある金属製の椀《わん》を置く。

それからまた別の係が巨大なバケツのようなものを、ふうふう言いながら運んでくる。バケツのなかには柄杓《ひしゃく》が突っ込んであって湯気が立っている。

中納言は巨大な金属の椀を手に取り、係に差し出す。これを受け取った係が、湯気の立つ飯を山盛りに盛り、その脇に申し訳程度にちょろっと水を入れて差し出す。普通の人間であれば両手でようやっと持つくらい大きい椀だが三条中納言は大きいので片手で楽々と受け取り、長さ十センチもある干瓜《ほしうり》を三口ばかりでさくっと五つ六つ食べ、それから鮎ずしを一瞬で五つ六つ食べ、それから巨大な椀のご飯を食べ始めるのだが、二度ほど、なんとなく箸を回すうちに椀のご飯は吸い込まれるようにむなしくなった。

重秀が呆《あき》れて言った。

「なんですの、それ」

「いや、なんですの、って水飯ですやん」

「いまので一食分ですか」

「いやいや」

「あ、なるほど。この後、三日は食わん、とかそういうことですか」

「いえいえ、お代わりしまんにゃが」

そう言って三条中納言が空の椀を差し出すと係の者がまた飯をよそい、これを三度繰り返して巨大なバケツはついに空になった。ところがこれで終わりではなく、また新たに飯が運ばれてきて際限がない。

重秀は呻《うめ》くように言った。

「いや、これでは痩せません。っていうか、ますます肥る」

「え？　なんでですか。言われた通り私は水飯を食べてるんですが」

重秀はついに切れて言った。

「なんぼ水飯でもそない仰山《ぎょうさん》食べたら肥りますよ」

「ええええ？　マジですかあ。量のことはなにも仰《おつしや》ってなかったから、私は水飯さえ食べれば痩せるとばかり思っていました」

「確かに量のことは言いませんでしたけど、そんなもん常識で考えたらわかるでしょう」

そう言って重秀は怒って帰ってしまった。

「なに、怒ってるのでしょうね。それにしても腹が減ったな。また、水飯でももらうか」

という訳で三条中納言はその後もまったく瘦せず、それどころかますます肥って、まるで相撲取りのようであったらしい。

（第九十四話）

長谷寺に籠もった男が利得を得た

割と以前の話なのだが、たいへん惨めな境遇の若い男がいた。どんな風に惨めだったかというと、まず父母がなかった。家も職もなかった。なので当然のことながら妻子もなく、頼れるような身内や友人もなかった。路傍に立って行くところもない若い男は呟《つぶや》いた。

「死の」

男は続けて言った。

「そうだ。どうしたって生きていけない。ならば死ぬしかない。というか、別に死のうと思わなくても勝手に死ぬでしょうね。なにしろ腹が減りきっていますから。しかし、このようになにもない路傍で死ぬのは心細いですね。まさに野垂れ死に。行き倒れです。なんぼ私のような惨めな人間でももうちょっと増しなところで死にたい。どうしよう。あ、そうだ。長谷寺の十一面観音さんに参って、そこで死のう。つか、観音さんというのは慈悲深い方だから場合によっては救ってくださるかも知れない。そしたら生きよう。駄目だったら死のう。そうしよう、そうしよう。おほほほ」

そう言って若い男は長谷寺に参り、観音様の御前に、もはや体力の限界で立っていられないので俯《うつぶ》せに倒れ、そのままの姿勢で観音様に祈った。

「申し上げます。観音様。ご存じかと思いますが、という訳《わけ》で私は惨めな境涯に生まれついてもはやこの世で生きて参れません。なので御前にて餓死いたします。よろしくお願いします。けどもし、私を救ってくださるのであれば、具体的には、この世での活計《たずき》を見出すきっかけのようなものを与えてくださるのであれば、すみません、もうすぐ意識を失うと思いますので夢告《むこく》っていうんでしょうか、夢でそれを教えてください。教えてくれない場合はこのまま死にますんで、どうかよろしくお願いします。死骸とか、あの、けっこう穢《きたな》らしいと思いますが、すみませんね。まあ、助けてくださったらそんなことにはならないのですが、助けてくださらない場合は仕方ないですよね。悪しからずご了承ください」

男がそんな風などちらかというと脅迫に近い祈りを祈っているところに寺の僧が出てきた。

「なんや、誰や、おるんかいな。うわっ、びっくりした。こんなとこに人が寝そべってるがな。ほいでまた、きったない男やなあ。なにをしてんねやな、もし、もし、なにしてなはんね」

「飢え死にしかけてます」

「マジですか。こんなとこで飢え死にされたらどもならんな。この寺でのチューターの僧はどなたですか。家はどこですか」

「こんな人間ですので、チューターのお坊さんなどいる訳もありません。家もないし、知り合いもありません。こうなるまでご飯を恵んでくれる人もいませんでした。なのでもう仏様にお縋《すが》りするより他ないのです。私は仏様がくださるご飯を食べ、仏様をチューターとするしかないのです」

「マジですか」

と、僧は困惑した。なぜなら、確かに仏法は人を救うために存在するが、仏様がこの世に現れて直接的に餓人にご飯を与えるということはなく、また、男がそれを承知のうえで、ここで死穢《しえ》を発生させるとそれを祓《はら》うために莫大《ばくだい》な費用を負担しなければならない寺の弱みにつけ込んで居直っているということがすぐにわかったからである。

そこで仕方がない、相談のうえ、僧たちはみんなで交代で男に食事を与えることとし、それをよいことに男、いっこうに御前を立ち去らず、その間も男は、「どうか、観音様、よろしかったら運の開けるきっかけを教えてください。よろしくお願いします」と祈り続け、ついに満願の三七、二十一日を迎えてしまった。

　そして二十一日の夜が更け、暁方《あけがた》、帳《とばり》の向こうから人が出てきて、

「うわっ、なになになに、誰？　あなた誰？」

　と目をこすりながら言う男に厳《おごそ》かな口調で言った。

「おまえはふざけた奴です。惨めな境遇とか言って文句を言っているが、そうなったのはおまえ自身が前世よりキャリーオーバーした宿業によってであって、いわば自業自得です。それをば逆ギレして観音の御前で恐喝まがい・詐欺まがいの行為に及ぶというのはどう考えても道理ではありません。しかし、とは言うものの、この世に身よりたよりがまったくないというのはまァ気の毒なことです。なので、観音の霊力を以《もっ》て少しばかりの計らいをしておきました。なので、とりあえずは即座にここから立ち去りなさい。そしてここを出て、初めて手に触った物、その物を捨てずに持っていなさい。そうすれば観音の計らいによって運が開けるでしょう。さあ、これで希望が叶《かな》ったでしょう。さっさと出て行ってください。さあ、早く起きてください。さあ、さあ、さあ」

と、そう言いながら帳から出てきた人は横たわる男の身体をバンバン蹴った。男は

慌てて起き上がって、堂の扉の方に向かいながら、

「痛い痛い痛い。無茶をしないでください。出て行きます、出て行きます。そんなに強く押さないでください」

と言って振り返った。

人の姿が消えていた。男はキョロキョロして言った。

「あれ？　いまここに居たのになあ。おっかしいなあ。もしかして夢？　それにしてははっきりした夢だったなあ。しかしまあ、だとすれば満願成就ということだ。毎日、ご飯をよばれて体力も回復したことだし、そろそろ出て行きますか。でも、朝ご飯だけはよばれていこうかな」

と、どこまでも厚かましい男は当番の僧のところに行って朝ご飯をしっかり食べ、元気よく大門を出て行った。

しかし、二十一日の間、食べるとき以外はずっと寝そべっていたので少しばかり足が萎えていたのだろうか、大門の敷居に蹴躓《けつまず》いて俯せに倒れてしまった。

「ぺっぺっぺっ。ははははは。こけとんにゃ。あかんねぇ。ずうっと寝てたよってに足が萎えてもとんにゃがな」

照れ笑いを浮かべながら起き上がると、倒れると同時に手を握りしめたとき、そこ

に落ちていた物を摑《つか》んだらしく、手のなかになにかが入っている感触があった。

「はっはーん。これやな、観音さんが言うてたんは。さすがは観音やね。俺がここでこけるのを知っていて、初めて手に触ったもんをほかさんと持っとけちゅうたんやね。なるほどなー。さ、これがきっかけで運が開ける、ちゅう訳やからきっと値打ちのあるもんなんやろね。楽しみやなあ。さ、運の開けるような値打ちのあるもん、たのんまっせ。ひいふのみっつ、と」

掛け声とともに手を開いて男は驚愕《きょうがく》して言った。

「なんじゃこら」

男が摑んでいたのは、一筋の藁《わら》であった。どのように考えても価値があるとは思えなかったし、こんな物がきっかけとなって運が開けるとも思えなかった。

男は激しく落胆し、こんなもん、と捨てかけたが、他に希望につながるものは一切なく、また、観音様の仰《おつしや》ることだからなにか深い訳があるのかも知れない。と思い直して、これを手に持って揉《も》んだり振り回したりして歩くうち、一匹の虻《あぶ》が男の顔にたかった。刺されると嫌なので木の枝を折り、これを振って追い払うのだけれども、どういう訳か、まるで男を恋い慕うように顔の周りをブンブン飛び回る。

「なんでなんでなんで？　俺の顔から虻を誘引するような物質でも出てるっていう

の？　うざい。死ぬほどうざい。よし、こうなったら」

と、男はそう言って、たかってくる虻を捕まえ、虻の胴のところを藁で括《くく》り、もう一端を先ほど折り取った木の枝に括りつけた。

括りつけられた虻は、彼方に飛んで逃げることもできず、かといって大好きな男の顔にたかることもできず、意味なくブンブン飛ぶばかりであった。

「ざまあみさらせ、あほんだらめが。意味なく人の顔にたかってくるから意味なく飛ぶことになるのだ。おまえにそれがわかるか」

男は勝ち誇ったように言い、虻を括った木の枝を手に大道を進んで行った。したところ、向こうから、おそらく長谷寺に参るのであろう、身分のきわめて高い女性が乗る豪華に飾り立てた牛車《ぎつしや》が進んできて、そして止まった。

「ほーら、また豪華な車やなあ」

と、男が見とれていると、小綺麗《こぎれい》な子供が、牛車の垂れを跳ね上げて顔を出し、お供の侍に言った。

「あれ、ポピー」

「あれとはどれですか」

「あれとはあれでちゅ」

と子供が指さす先に男が立っていた。

「あの男が手に持ってるものがポピーでちゅ。貰《もら》ってきてくだしゃい」

「承りました。ちょっと待ってください」

そう言って侍は男に近づいていった。

「あのすんません」

「なんじゃいな」

「その手に持ってる木の枝みたいなの、私らの主人が欲しいと仰いましてね、いえいえ、主人ちゅてまだ、お子たちでございまして、そやよってにそうしたものを欲しい、とこう仰るわけで、そんな事情なものですから、ご無礼とは存じまするが、どうかひとつ、わけてもらえないですかね」

男は、こんなものは藁と枝と顔にたかってきたうざい虻であって、くれてやっても惜しくもなんともないが、ここは一番、勿体《もったい》をつければ、あんな豪勢な車に乗っているのだから謝礼のようなものを期待できるかも、と考えて言った。

「ええええ？　これですかあ？　困ったなあ。実はこれは尊い仏様からの授かりものなんです。けど、わかりました。身分の高い若君がそう仰るのであれば、身を切られ、骨を削られるように辛《つら》いし、この先、眠れぬ夜が続いて胃を病み、没落して死ぬかも知れませんが、いいでしょう。それもこれも若君のためです。差し上げましょう。どうかお持ちください」

「ありがとうございます。助かります」

「貰ってきました」

「わーい。わーい」

と若君は喜んだ。そして、同乗していた、この女車の持ち主、すなわち若君の母親である貴婦人も喜んだ。貴婦人は言った。

「私は一部始終を聞いていました。なんなんですか、あの男は。そんな尊い仏様からの賜りものを若君のために惜しげもなくくださるなんて。すごい、いい人、じゃありませんか。なにかお礼がしたい。なにがいいかしら。あ、そうだ。ああして往来していたら喉が渇くでしょう。このあたりには水を飲めるところがあまりありませんからね。この蜜柑《みかん》を差し上げなさい」

そう言って貴婦人は大きな蜜柑を三つ、これも、当時、最上級とされた東北地方で作られた紙に包んで侍に手渡し、侍はこれを男に届けた。

蜜柑も紙もその頃はたいへん貴重なもので、男は、「おほほ。すくりいた。藁一筋が蜜柑三つ、これこそがおまえ、観音の言うてた運が開けるきっかけちゅうことちゃん？」

と、喜んで、さっきは木の枝に括りつけてうまくいったので、縁起を重視して今度もそれでいったろう、先ほどよりも大きめの木の枝を拾い、これに蜜柑の包みを結びつけ、肩に担いで往来を進んでいくと向こうの方から、多くの従者を引き連れた極度に身分の高そうな女性が、どういう訳か徒歩でやってくるのが見えた。

男が、なんであんな身分の高そうな人が徒歩で道中をしているのだろう、と訝《いぶか》っていると、身分が高すぎて、自分の足で歩くなんて生まれてから二、三度しかないらしいその女性が、歩き疲れたと見えてその場にしゃがみ込んで動けなくなってしまった。そして、ハアハアと苦しい息をしながら、「苦しい。しんどい。喉が渇いた。水を頂《ちょう》戴《だい》」と、周囲の者に訴えて、いまにも昏倒《こんとう》しそうな様子で、周囲の者は倒れられるとまずいので、「やばい、やばい、やばい。とりあえず、水、水、水」「え、マジマジ？　この辺に水、あるところ知ってる？」「知らん」「やばい、やばい、やばい。探せ、探せ。水、探せ」と慌て騒いだ。

「急に水、探せ、言われても。つか、貨物用の馬に水、積んでなかった？」「積んでたけど、なんかすっげぇ遅れてるみたい。もう一時間以上、見てない」「あかんやん」「あかんね」「つかっ、うわっ、もうなんか、息、途切れ途切れなってきてるやん。身体、つめとうなってるやん。やばい、やばい、やばい。ほんまに死んでまう」

と、そんな風に従者たちが慌て騒ぎ、ムチャクチャになっているのを少し離れたところから温かく見守って従者たちが水を欲しているとみてとった男は、彼らにゆっくりと近づいていった。

その姿を認めた従者のひとりが縋《すが》るように言った。

「このあたりの方とお見受けします。この辺に水の湧いているところはおまへんやろか」

問われた男は態《わざ》と余裕をかまし、

「そうですねぇ。仰るとおり私はこのあたりの情勢にはたいへん精《くわ》しいのですが、その私の知る限り、ぱっと行ける距離で清水の湧いているところはありませんなあ。いったいどうなされたのですか」

と、問うた。従者が答えた。

「ご覧の通り、私どもの主《あるじ》が歩き疲れて衰弱してしまい、いたく水を欲しているのですが、水が手に入らず、このままではえらいことになるんで尋ねたんですわ」

「それは気の毒なことです。水場は遠いから汲《く》みに行ってたら手遅れになります。そこで、さ、慌てなはんな、私、たまたま、こういうものを持っとります。よかったら、これを差し上げてください。さ、さ」

と、ここで初めて蜜柑を包みから取り出して三つとも従者に手渡した。

「こ、これは」

「蜜柑でんがな。早よ、食べさせてあげなはれ」

「おおきはばかりさんでございます」

そう言って従者ども、急いでこれを極度に身分の高そうな女性に差し上げる、もはや朦朧《もうろう》として、半ばは気絶していたが蜜柑を食べ、なんとか意識を取り戻した女性は、目を開けて周囲の者に尋ねた。

「ここはどこ？　私はなんで倒れてるの？」

「御徒《おかち》にて道中なされ、歩き疲れて脱水症状を呈し、水をご所望あそばされたのですが水がなく、そのまま気絶なさいました。私たちは水を探しましたが、このあたりに水はありませんでした。そこへたまたま通りがかった男が、私たちの窮状を素早く察知して、蜜柑を三つ、献上したので、水の代わりに差し上げたのです」

「ということは私は脱水症状で気絶したのね。水を頂戴、と言ったのは覚えてるけど、その後のことは覚えてない。この蜜柑がなかったら私、路上で死んでたのね。その男の人ってまだここにいるの？」

「あこにぼうっと立ってんのんがそうです」

「まだ、行かないで、って言って頂戴。お礼がしたいの。だってそうでしょ。いくら観世音菩薩《かんぜおんぼさつ》の利益《りやく》が強大といっても、私が死んじゃってたら意味ないでしょ。ああでも、いま外だからたいしたお礼はできないわね。とりあえず、ご飯食べたかどうか訊《き》いて。まだ、だったら準備をしてご飯を差し上げて頂戴」

承った従者は男の許《もと》に参って言った。

「すみません。お時間、よろしければもう少しおつきあい願えませんでしょうか。私どもの主がお食事を差し上げたい、と申しておりまして。はい。もうすぐしたら貨物用の馬が到着して参りますので、そうしたらすぐにご用意ができますのですが、いかがでしょうか」

「別にいいですよ」

とか言っている間に旅籠馬《はたご》皮籠馬《うまかわご うま》といった貨物用の馬が到着する、「なにをさらしてけつかんにゃな。旅籠馬なんてなものはですよ。お行列に先行してなんぼでしょうが。急に物資が必要になることもあるわけでね、こんなに遅れてよい訳がないでしょう。ロジという概念をもっと学習してください」などと罵りながら、急いで積んできた幔幕《まんまく》など下ろしてこれを張り、畳なども敷き込んで、

「本来であれば食事の用意は水場の近くでするのがよいのだろうが、皆さん、お疲れでしょうからここで食事することにいたしましょう。水場は遠いらしいですからね。係の人は直ちに水を汲みに行ってください。仰山《ぎょうさん》めに汲んできてくださいよ。お願いします」

と、旅先ながらいい感じに食卓を拵《こしら》え、男にもこれを振る舞った。

「おっほ。こりゃ、うまそうだ」

そう思いながら男は箸を動かしたが、暫《しばら》くして、ある疑念が男の脳裏に浮かんだ。

それは、謝礼はこの食事で終わりなのだろうか、という疑念であった。

もちろん、食事はうまい。うまいけれども、食べたら終わりで、あとになにも残らない。俺が観音に頼んだのは、そんなことではなく、もっと一生の基盤となるようなゲインというか、そうしたものであって、うまい飯とか、そんな次元のものではないのだけれども、そのあたりはどうなっているのだろうか。もしこれで終わりなら、もう一回、話し合う必要があるな。

そう思いつつ、男が箸を動かしていた、ちょうどそのとき、男の発する嫌な感じの

想念を観音様が察知したのだろうか、極端に身分の高いと思われる女性は、真っ白い素晴らしい布を三疋《びき》取り出させて従者に言った。

「その布をあの男にやって。私の命を救った蜜柑のお礼にしては少ないけど、いまは旅先だからとりあえずこれで許して、って言って。で、京都の住所を教えて、後で来るように言って。もっとお礼したいから」

「了解です」

承った従者は、果報な奴、と思いながら男のところに参り、食事を終えて不足たらしい顔をしていた男に白布三疋を与え、主の言葉を伝えた。その頃、布は宝物であったから男は、

「おっほっ。そうこなくては」

と、忽《たちま》ちにして笑顔を浮かべ、一筋の藁が布三疋になったことに大いに満足し、貰った布を小脇に抱え持ってその場を辞去、やがて日がくれとなった。

街道沿いの家に泊まって、鳥の鳴き声で目を覚まし、まだ暗いうちから歩き始め、そのうち日が昇ってきて、午前八時くらいになる頃、向こうの方に、言葉では表現できないくらいに素晴らしい馬に跨《また》がる人がいた。その人はその馬をきわめて大事に思

っているようで、優しく馬をいたわって、鞭《むち》などくれず、ユルユル馬を進めていた。

「いっやあ、ええ馬やなあ。きっと莫大な値がつくのだろうなあ。一億円くらいするのかなあ」

男が感心して馬を見ていると、なんたることであろうか、突然に、なんの前触れもなく、馬がその場に倒れ、あっ、と声をあげる間もなく、みるみる弱って動かなくなってしまった。

一瞬、なにが起こったのかわからない馬の持ち主は、馬から下りて茫然《ぼうぜん》とその場に立ち尽くす。付き従う馬の世話係の者たちは、もしかしたら自分たちになにか手落ちがあったのか、と思うから焦りに焦って、「やばいやばいやばい」「どないしょ、どないしょ、どないしょ」など言いながら、鞍《くら》を外して撫《な》でたり摩《さす》ったり、或《ある》いは水を飲ませようとしたり、声を掛けて励ましたりするのだけれども、もはや死んでしまっている馬はピクリとも動かず、従者たちも、マジですか、と半泣きで言い、気が抜けたように馬の周りに立ち尽くしていた。しかし、いつまで立ち尽くしても居られないので、仕方がない、馬の持ち主は別の百円くらいの馬に乗り換え、従者のひとりに、

「とにかく私はいったん帰る。君はここに残って馬の死骸を盗まれないように、どこかに隠してくれ。とりあえず皮だけでも剝いで損失を取り返したい。その作業が終わ

ってから私に追いついてきてください。じゃ、後ほど」

　とさすがに主人だけあって一番先に、冷静さを取り戻して言って去った。あり得ないくらいの名馬の死骸とひとりの従者が街道に残された。

　物陰から一部始終を見ていた男は考えた。

「おかしい。あの馬の死に方はどう考えてもおかしい。だってそうでしょう、それまで元気に歩いていた、見るからに健康な名馬がなんで急にバタッと倒れて死ぬわけ？　あり得ないでしょ。つうことはどういうことか。私の考えるにこれは観音の計らい。つまり、一筋の藁が蜜柑三つになった。蜜柑三つが布三疋になった。つうことはですよ、この布三疋をなんぼするかわからないくらいの名馬一頭に観音さんが替えてくれはる、と、そういうことじゃないんですか。論理的に考えて」

　そう考えた男は従者に近づいて声を掛けた。

「もし、もし」

「へぇ」

「この馬はどないしはったんですか。寝たはるんですか」

「こんなとこで馬が寝ますかいな。死んでまんにゃがな」

「え、死んでまんの。ほら、また。えらいこってすな。見たとこ、毛並みといい、体つきといい、えろうええ馬に見えますが、こらいったいどういう馬なんですか」

「へえ、この馬は名馬の産地として有名な陸奥国《むつのくに》から来た馬でして、もういろんな人からどうしても買いたい、金ならなんぼでも出す、と言われてたんですけど、そう言われて、なにもいま売らんでも、もうちょっと持ってたらもっと騰《あ》がるのとちゃうか、ちゅう気持ちから今日の今日まで売らんでおったところ、こうして死んでまいよったんで、元も子もなくなってしもた、ちゅうわけです。そこで、まあ、せめて皮でも剥いでちょっとでも取り返そと思てるわけですけど、旅先で道具もないし、主人は、隠せ、と言ったけれども、こんなもんひとりで運ばれへんし、どうしたものかと考えあぐね、困《こう》じ果てて馬の傍らにただ茫然と立ち尽くしているという次第です」

従者の嘆きを聞いた男はことさら勿体ぶった口調で言った。

「まさにそのことですが、いやあ、私も大変にええ馬やなあ、と感嘆しながら見てお
ったのですが、このようにあっけなく死んでしまう、生命っていったいなんだろうなあ、と思いおるのですが、どうでしょう、実際の話が、たとえどこかで道具を借りて皮を剝いだとしても、今度はそれを干して乾かすということができないでしょう。そんな場所も時間もありませんからね。そこで、ですが、私はこのあたりの人間ですので、そうした一連の作業ができます。なんだったら私が皮を剝いで売るなり自分で使

うなりしますんで、どうでしょうか、その馬の死骸を私に譲ってもらえませんかねぇ。勿論《もちろん》、ただとは言いません。この布と交換、ということでどうでしょうか」

そう言って男は極度に身分の高そうな女性に貰った布一疋を取り出して従者に見せた。

布を見た従者は驚愕した。

なぜなら馬の死骸と布一疋を比較すれば、明らかに布の方が高価で、どう考えても男にとっては大きな損失、従者にとっては大きな利益を出す、普通に考えれば絶対に成立しない取引であったからである。

従者は思わず言ってしまった。

「え？ いいんですか」

男はニコニコ笑って言った。

「ええ、どうぞどうぞ」

布を受け取った従者は来た方に戻っていった。男は馬の死骸の傍らに立って、その姿を眺めていた。従者は暫くはゆっくりと歩いていたが、やがて脱兎《だっと》の如《ごと》くに駆けだした。

男が、やっぱり布を返してくれ、と言ってくるのではないか、疑っていたからである。

従者が行ってしまったのを見届けた男は、手を洗い清め、それから長谷の方角に向かって合掌し、そして「馬を生き還《かえ》らせてください。よろしくお願いします」と、祈った。したところ、なんということであろうか、馬がそのつぶらな瞳をぱっちりと開き、「あれっ、俺、なんで寝てんの」と言っているような不思議そうな顔をして起き上がろうとしてもがいたのである。男は慌ててこれを助け起こした。馬は何事もなく、すく、と立ちてヒヒンと嘶《いなな》いた。死んだように見えていたが馬は一時的に気絶していただけであったのである。男、よろこんだ、よろこんだ。よろこびすぎて、

「いっやー、すくりいた。もう嬉《うれ》しくってたまらない。踊っちゃおうかしら」

と、いまにも踊り出しそうな様子であったが、ふと真顔に戻って言った。

「いやいや、これがいかん。この油断がいかん。もし、あとから遅れてくる従者があったらどうなります？　あ、それうちの馬やんか、ということになりますよ。或いはですよ。さっきの従者が戻ってきたらどうなります？　生き還ったのであれば布を返すんで馬を返してください、ということに当然、なりますよ。危ない、危ない」

男はあたりの様子を窺《うかが》いつつ、物陰に馬を牽《ひ》いていった。そして長い距離を歩ける

くらいに元気になるまで馬を休ませ、それからようやっと馬を引き出し、馬具商のところに行って布一疋と引き替えに鞍、そして轡《くつわ》を入手、これを装着して初めて馬上の人となり、京都に向かった。

宇治あたりで日が暮れたので、人家に参り、残った布一疋で馬の飼葉や自分の食物を調達し、その日はその家に泊めて貰って、翌朝は早くに出発、ひたすらに京都を目指して、九条大路にいたったところ、大路に面した家で、これからどこかへ出発するのだろうか、大戸を開け放ち、人が忙しげに出たり入ったり、車に物資を積み込んだりしている家があった。

「ほーら、また、忙しそうに出たり入ったりしとんなあ。よほど急に出発することになったのでしょうね。えらい騒ぎだ」

そう思いつつ男は、慌てふためいて準備するその家の人の様子を打ち眺めていたが、眺めるうち、待てよ、と思った。

「待てよ。あの従者はなんと言っていた？　多くの人がこの馬を買いたがって、金に糸目はつけない、と言っていたと言っていたよね。ということはですよ。この馬のことは京都でもかなり評判になっていた可能性がある。つまりこの馬のことを知っている人が京都中心部に大勢いるということで、その市内中心部にこの馬を牽いていったらどういうことになるだろうか。あっ、あの馬、あの馬どすえ。盗まはったんやろか。みたいなことになって、痛くもない腹を探られる、というか、多少は痛いのだが、どっちにしてもそれは困る。ならば多少、値段は安くなっても、周縁部の、ここ九条で売却してしまった方が面倒がなくてよい。そして、うまい具合に、この家はちょうど、旅の準備をしているところ。旅をするのなら当然、馬は必要。とりあえずこの家に営業をかけてみたらよいのではないか。ね、そうだよね、そうしよう」

男は小声でそんなことを呟き、忙しそうに出たり入ったりしている家の主らしき男に声を掛けた。

「もし、もし」

「はい、なんでしょうか。いまもの凄く忙しいんですけど」

「そのようですよね。ならば端的に申し上げますが、馬、要りません？」

「マジですか。ちょうど馬、もっと要るなあ、と思ってたところなんですよ。どの、馬ですか？　あ、この馬ですか。ちょっと拝見。うわっ」

「どうされました？」

「めっちゃ、ええ馬ですやん。絶対、欲しいです。死んでも欲しい。けど、困ったな」

「どうされました」

「いや、絶対、欲しいんですけど、拍子の悪いことに、いまここに馬の代価にするような銭とか絹とかそういうものがないんですよ。困ったなあ」

「あ、じゃあ、駄目ですね。失礼しました。さようなら」

「あ、ちょっと待ってください。ちょっと待ってください。絶対、欲しいんです。あ、ほんなら、これでどうでしょうか。上鳥羽《かみとば》あたりに私の所有する水田があります。その農地とそこにいま植わっている稲と倉庫にある米と交換ということでどうでしょうか」

　将来にわたって安定収入をもたらす農地。それこそが男の真に欲するところで、農地と聞いて男は飛び上がるほど嬉しかったが、しかし、なるべく高く売りたいので、嬉しい気持ちを隠し、いかにも乗り気ではない感じで言った。

「ええー、田んぼですかあ。そうか。いや、私はこの土地の人間じゃないですからね、田んぼとか貰っても耕作も経営もできないじゃないですかあ。それ考えると、やっぱり、銭とか布とかそういうものの方がいいんですけど、そうですか。駄目ですか。どうしようかな」

「時間があったら農地を売って、その銭を渡すこともできるんですけど、時間がないんですよ。ああ、でもなんか見れば見るほど、いい馬ですよね。ちょっと試乗してもいいですか」

「どうぞどうぞ」

と、男が手綱を渡す。主の男は喜んでこれに飛び乗り、そこいらを一回りして戻ってくると、

「もう、最高です。も、なんか、下りたくないんですもん」

と、馬に乗ったまま言った。

「でも、銭も絹もないんですよね」

「わかりました。ほしたら、この家も差し上げます。そしたらここに住んで田の経営ができるでしょ。で、私、ちょっと遠くに赴任するんですけど、何年かしたら戻ってきます。家はそのとき返してくれたらいいです。そいで、もし……」

「もし?」

「もし、私が任地で死ぬようなことがあったらこの家はあなたに差し上げます。田と共にそのままお使いくださっても結構ですし、売却なさっても結構です」

「え? こんな立派な家屋敷、貰っていいんですか?」

「死んだらね」

「ああ、死んだらね」

「だから、お願いします。この馬を売ってください」

「わかりました。売りましょう」

という訳で男は、とりあえずその邸宅に入り、貰った米や稲もあるので、使用人なども雇ってそのまま九条に居着いてしまった。

それがちょうど三月くらいのことで、ちょうど耕作を始める時季であったので、譲り受けた田三町のうち、半分は人に貸し、もう半分を自分の田として耕作したところ、貸した分は通常の収穫量だったが、自分の分は上質な稲が大量に育って、これを貸し付けて利息を取るなどしたため初年度から大幅な黒字を計上、大儲《おおもう》けをした。

家屋敷の方は、というと、例の慌ただしく地方へ赴任していった元の主は任地で身《み》罷《まか》ったらしく、その後、なんの音信もなく、約定にしたがって家屋敷も男のものとなって、観音堂で倒れていた男は、その後、莫大な富を集積、京都でも有数の資産家となり、子々孫々にいたるまで繁栄したのだそうだ。


（第九十六話）

滝口道則が術を習った話

昔。陽成院《ようぜいいん》がこの世を治めていらっしゃった頃、清涼殿の警固を担当する滝口道則《みちのり》という人が天皇の命令を承って陸奥国《むつのくに》へ赴くその途中、信濃国《しなののくに》のヒクウというところに一泊した。

泊まったのは郡の長官の館で、中央からの使者、ということで郡の長官は一行を歓待、ご馳走《ちそう》を取り寄せてもてなし、宴が後は家来を引き連れて館を出で、自身は別のところに泊まった。

しかしまだ時間もそんなに遅くはなく、華美な都会生活に慣れた道則は眠れるものではない。やおら起き出して、時折は立ち止まって柱をじっと眺めるなどしながら屋敷内をふらふら歩いて、ふと見ると、上等の分厚いマットレスの周囲を屏風《びょうぶ》で囲った、非常に心をそそる感じのスペースがあった。香を焚《た》いているのだろうか、なんともいえぬ蠱惑《こわく》的な香りがその周囲に漂っていた。

我慢できなくなった道則はいかんこととは知りながら屏風の内側を覗《のぞ》いた。
二十七、八歳くらいの女が横たわっていた。
顔、スタイル、髪型。すべてにおいて完璧な女だった。

そんな完璧な女がたったひとりで横たわっていたのである。

あたりに人影はなかった。カーテンの向こう側で、ぼう、と灯《あか》りが灯《とも》っていた。道則は当然の如《ごと》くに思った。

やりたい。

けれども道則は同時にこうも思った。

やりたいのはやりたい。けれども考えてもみろ。この女はいったい誰の女なのだ。そう、郡の長官の女だ。あの、私たち一行にすっげぇよくしてくれた郡の長官の女なのだ。その恩人の女を、留守をいいことにこましてしまう、なんてことが許されると思うか。うんにゃ。思わない。そんなことは許されることではない。人として。ましてや私は名誉を重んじる滝口の武士。ここは一番、昂《たか》ぶった気を鎮めて寝床に戻ろう、というのはこの女が普通の女だった場合の話だ。けれどもこの女は普通ではない。こんないい女は普通いない。だから普通の理窟はこの場合、通用しない。というか、私の陰茎が承知しない。なので、申《もう》し訳《わけ》ないが、私はやるしかない。

という理論に基づいて道則は屏風のなかに入り、女の寝床に潜り込んだ。

それにあたって道則は、多少、騒がれるのはやむを得ないな、と考えていた。というのはそりゃそうだ、急に知らない男が寝床に入ってくるのだから。ところが、女は落ち着いていてまったく騒がなかった。それどころかわずかにではあるが笑みさえ浮かべていた。

これがなにを意味するかというと、女の方も、楽しくやりましょう、と思っているということで、道則は、やりい、と思った。

まだ、そう寒くない頃で、男女とも薄着。女の肌の匂いが、むっ、と香った。道則は我を忘れたようになって服を脱ぎ、女の胸のあたりを探った。初めのうち女は抵抗するような素振りを見せたが、それは形だけで次第に抵抗しているのか、誘っているのかわからないような感じになり、やがてグニャグニャになった。

暫《しばら》くの間、様々のことをして、さあ、もう我慢できない、いよいよ本格の事に及ぼう、と、そう思ったとき、道則は股間に激烈な痒《かゆ》みを覚えた。

あれあれあれ？　どうしたんだろう？　なになになに、この痒み？

と、不審に思った道則は、片手で女を弄《いじ》くりつつ、片手で自らの股間を探った。

ぽええ？

一瞬、なにが起こったかわからなかった。そんなことが起こるはずがない、と思った。そこでいったん、女を弄くるのをやめ、改めて両の手を使って念入りに股間を探った。しかし、結果は同じであった。

道則の股間から拭い去ったように陰茎がなくなっていたのである。

もう、こうなると女に対する見栄もなにもない、道則は半泣きで起き上がり、股間を灯火にかざして調べるなど、いろんなことをして慌てふためいていた。

そして一方、そんなことをする道則を女は相変わらず微笑《ほほえ》んで見守っており、陰茎が消失したのも普通のことではないが、この女も普通の女ではない。訳《わけ》がわからない。とりあえず戻ろう。

と、道則はいい加減に服を着て自分の寝床に戻った。なんだか夢から覚めたような気分だった。そして思った。さっきのは幻覚に違いない。女の様子もおかしかったし、それよりなにより陰茎が急になくなるなんてあるはずがない。確かな現実。確かな陰茎。やはりこれが大事だ。確かな陰茎を握りしめて気分を落ち着ける。それは戦場の心得でもある。そう思って道則は股間に手を入れた。

陰茎はやはりなかった。

いったいどういうことなのだろう。いくら考えてもわからない。

そこで、道則は家来を呼んだ。

「誰かいませんか」

「はい。なんでしょうか」

「実はいまね、この廊下の突き当たりの向こうの端の右に曲がった先の左の脇にね……」

「説明、めんどくさっ」

「めっさ、ええ女が一人で寝てたんですよ」

「説明、わかりやすっ」

「で、やれるかな、と思って布団に入っていったら、やらしてくれたんですよ。すっげぇ、よかったから君も行ってみたらどうかな、と思ったんだけどどうですか」

「なにも言うことはありません。ただ、ただ、感謝です。行ってきます」

暫くして家来が戻ってきた。半泣きであった。

その顔を見た道則は、この男の陰茎もなくなった、と理解した。けれども、もう一度くらいは試してみる必要があるかも、と思って、また別の家来を呼び、同じように水を向けたところ、悦《よろこ》んで出て行き、暫くして戻ってきたかと思ったら空を見上げて涙ぐんでいるので、やはり陰茎が脱《ぬ》けたと理解した。

そして最終的に、トータルで八人の家来を行かせて試してみたが八人全員の陰茎の脱落が認められた。また、全員がド助平《すけべ》であることもわかった。

そんなことをするうち明け方近くになってしまった。道則は明け切らぬうちに出発した。

晩飯の際は下にも置かぬ歓待で、よいところに泊まった、と思ったが、こんなことになった以上、これ以上の災厄を避けるためにも長居は無用、というトップとしての判断であった。

夜明け前に出発して、異様にドンヨリした一行が、七、八百メートルほど行ったとき、「おーい、おーい」と、繰り返し呼ぶ声がした。「気取《けど》られたか。そっと出たつもりであったが」と、振り返ると果たしてそうで、騎馬にて駆けてくる者があった。見つかってしまったものは仕方がないので、腹をくくって待っていると、その者は、やはり昨日の宿の家来、夕飯の際、給仕をしていた男であった。

男は白い紙に包んだものを掲げていた。道則一行に追いついた家来は馬から下り、白い紙に包んだものを捧《ささ》げ持って道則の前に進み出て言った。

「あのお」

「なんでしょうか」

緊張して応答する道則に家来は、

「これを」

と、白い包みを差し出した。なにかぐにゃぐにゃしたものが入っているようだった。

「それはなんですか」

「これは長官が、これを捨てていくのはあんまりだから届けてさしあげろ、と仰《おつしや》ったものです。あなた様たちは、こんな大事な、こんなかけがえのないものをどうして捨てていくのですか。もちろんお急ぎなのでしょう。だって、私どもがご用意したご朝食を召し上がらずにお発《た》ちになられたのですものね。それはも、ぜんぜん、およろしいのでございますが、だからといって、こんな大事なものまで捨てていかずとも、よろしいじゃございませんか。さ、どうぞ。どうぞ、お納めください」

「なんなんすかね。心当たりないんすけどね」

訝《いぶか》りつつ道則は包みを開いてみると、なかに入っていたのは形様々、色とりどりの、九本の陰茎であった。

「こ、これは、僕たちの、九本の、陰茎……」

と、道則が思わず声をあげると、陰茎をなくしてしょんぼりしていた家来たちが、色めき立ち、え？　マジですか。うわっ、ほんまや。え、ほんま？　どけ、こら。うわっ、これ、俺のや。ほ、ほんま？　ほんまに陰茎？　めしてめして。うわっ、ほんまや。など言いながらのぞき込んでいたところ、その包みのなかの陰茎が、さっ、と消失、「またなくなったやんかー」と悲嘆に暮れるまもなく、疼痛《とうつう》のような重みを覚えて服のうえから触ると、それぞれの股間に、確かな、陰茎の、感触が、あった。

その間に使者は来た方へ帰っていった。道則は、そして郎党だちは、股間に手を突き込み、陰茎をしっかりと握りしめて、その後ろ影を見送っていた。そして心のなかで言っていた。

もう二度とどっかに行ったりするなよ、と。

さあ、そんなことがありつつも、陰茎も戻ったことだし頑張っていこう、と陸奥国に参り、無事に任務を済ませ、砂金、馬、獣皮、鷲《わし》の羽、紙といった陸奥国の特産物を満載して帰途についた道則は非常に満足であったが、ひとつだけ気になって仕方がないことがあった。というのは、そう、あの信濃国の郡の長官の家で起きた、陰茎脱落消失の怪事である。

もちろん仕事がうまくいったのだからそんなことは忘却して、さっさと都に帰る、というのもひとつの見識である。けれども道則は偉大なる quest、探究心に充ち満ちた男であった。どうしてもあの出来事を探究したかった。探究せずにはいられなかった。

なので帰途も道則は件《くだん》の郡の長官の家に立ち寄った。

そして、金、鷲の羽、馬など、陸奥国から持ち帰った多くの素晴らしい贈り物を贈った。はっきり言って億単位の贈り物であった。長官は驚愕《きょうがく》して言った。

「どうしてこんな莫大《ばくだい》な贈り物をくださるのでしょうか。訳がわかりません」

「じゃあ、返してください」

「いやいやいやいやいやいや、そ、それではかえって失礼にあたります」

「じゃあ、取っといてくださいよ。以前に非常に親切にしていただいたお礼です」

「ありがとうございます。しかし、それにしても額が……」

「多すぎる、と」

「ええ」

「なんか裏、あんじゃねぇか、と」

「ええ」

「なるほど。わかりました。ご懸念はいちいちご尤《もっと》もです。私も武人ですから政治的な駆け引きは苦手です。単刀直入に申しましょう。こないだのあれ、なんなんすか?」

「こないだのあれ、と申しますと?」

「惚《とぼ》けられては困ります。はっきり言いましょう。チンポのなくなりですよ」

「ああ、やっぱりねぇ、あれですか。ああ、まあねぇ、あれについてはあんまり言いたくないのですが、まあ、これだけの贈り物を貰《もら》って教えないという訳には参りませんわなあ。わかりました。申し上げましょう。あれは術でございます」

「術?」

「ええ。精《くわ》しく申し上げないとわかりません。私がまだ若い頃の話です。この国の、もうちょっと奥の郡の長官のところに私、出入りしておりまして、この長官というのは、もう大分と年寄りでした。ところが、その妻というのが若い女でございまして、ただ若いだけではなく、非常にこう、いい女でございまして、私も若いものですから、やはりこれは忍んで行くべきだろうなあ、と考えて、へっ、忍んで行ったんですよ。それでごじゃごじゃして、さあ、いよよ、と思ったら、ないんですよ。ええええ?どういうこと? って狼狽《うろた》えて、もうどうしようもなくなって、それで仕方がないので、その年寄りの長官にすべてを打ち明け、なんでこんなことになったのかを尋ねました。したところ、これは術である、と教えてくださったんです」

「つまり、そのお、人の陰茎を取る技術ということですか」

「その通りです。そして、それがわかったとき私は、どうしてもその技術を自分も習得したい、自分のチンポがなくなったときの驚きと困惑を他の誰かに感じさせたい、と強く思ったのです」

「その気持ちわかる。だって、僕もいまそんな気持ちになってるもん」

「でしょでしょでしょ。これはそうなった人間にしかわかりませんが、突然、陰茎を外されると、どうしても他人の陰茎もいっぺん外してみたくなるものです。そこで私は謝礼を払って長官に術を習ったのです。それ以来、私は多くの人々の陰茎を外し、その方々の取り乱し、驚き騒ぐ姿、また、陰茎が戻って悦ぶ姿を何度も何度も見て、飽きることがありません。チンポ外し。娯楽の王様です」

「わかりました。すごくよくわかりました。そこで、ひとつお願いがあるのですが……」

「みなまで言いなさんな。習いたいというのでしょう。もちろん、こんな過分な贈り物をいただいたのですからお教えいたしましょう。けれども複雑精妙な術です。一朝一夕に習得できるものではありません。ましてやあなたは公務中。とにかく公務を終えて、それからまたこちらへいらっしゃい。そしたら、じっくり教えてさしあげましょう」

「わかりました。じゃあ、また」

それから暫くして道則は約束通り信濃国にやってきた。その際、都会の洗練された贈り物を持参したので、人間としての根本が実直な郡の長官はよろこんで言った。

「あなたの志が堅固なものと知れました。ならば私も通り一遍ではなく、本気で伝授いたしますので、あなたもそのつもりで取り組んでください。まずは神仏を祈りながら七日間、水浴びを続けてください」

「なんのためにそんなことをするのでしょうか」

「けがれを祓《はら》い、身を浄《きよ》めるためです。そしてその際、チンポ取る取る、チンポ取る取る、と唱え続けてください」

「わかりました」

「じゃあ、すぐ始めましょう。あそこの水場でどうぞ。桶《おけ》もありますから」

「了解です。チンポ取る取る、チンポ取る取る、あの、すみません」

「なんでしょうか」

「これ、七日もやるんですか」

「その通りです。やめますか」

「いえ、やります。チンポ取る取る。チンポ取る取る」

唱えつつ道則は七日間、水を浴び、身を浄めた。

七日後。二人は山の奥のさらに奥にいた。そして岩を噛《か》んで流れる激流の畔《ほとり》に立ち、奇怪な真言《しんごん》を二人で唱え、それから郡の長官は道則に、普通の宗教観からすれば到底、容認できないような不埒《ふらち》な誓いを立てさせた。

「さあ、もうこれで後戻りはできません。あなたは立派な外道《げどう》です。私についてきなさい」

そう言うと長官は川に沿って川上に歩き、道則もこれに随《したが》った。

暫く行って叢《くさむら》と藪《やぶ》が混ざったような、嫌なバイブレーションが充満したところで長官は立ち止まり、そして言った。

「さあ、ここで待ちなさい」

「なにを待つのですか」

「ここで待っていると川上からなにかが流れてきます。それがなんであろうと、どれだけ異様で、どれだけ奇怪で恐ろしいものであろうと、あなたはそれを抱きとめてください。それができなければあなたは術を習得できません。じゃあ、僕はとりあえず、ちょっとそこいらを散策してきます」

「了解です」

返事をした途端に、あたりが真っ暗になり風が吹き、そして雨が降ってきた。川の水かさが増し、流れがいよいよ激しくなった。

なんちゅう激しい流れや。

と、道則が見ていると上流から流れてくるものがあった。これだな、と思って目をこらすと、流れてきたのは大蛇であった。

大蛇といって、しかし並の大蛇ではなかった。頭の部分だけでも二メートルはあって、もはや龍と言うべき大蛇であった。目は茶碗《ちゃわん》くらいの大きさで、金色に光って不気味なことこのうえなかった。背中が真っ青で、首の下が真っ赤で、これも気色が悪く、道則は、一目見て、「無理っ」と叫んで、草むらに伏せ、目を閉じて震えるばかりだった。

ちょっと経ってから長官が戻ってきて言った。

「どうでした。抱きとめられましたか」

「いや、もう、無理でした。っていうのは、私の見たところ、あれを抱きとめようとしたら確実に死にます。死んだら術は習えません。だって死んでる訳ですからね。なので、いくらなんでもあれは無理と判断しました。私の部下があれに向かっていこうとしたら私は上官としてやめさせます」

「残念。あなたは不合格です」

「やっぱ、そうすか」

「ええ。仕方がないですね」

「なんとかなりませんかね。術、習いたいんですよ。チンポ取りたいんですよ」

「ですよね。じゃあ、まあ、もう一回、やってみます？」

「はい、お願いします」

という訳で、二人はさらに山奥、上流へ向かった。

暫く行って、倒木が八重に折り重なり腐り果てて菌類が繁茂、ところどころに白骨が落ちているなどする、不吉な空気感が濃密なところで長官は立ち止まり、そして言った。

「さっきと同じです。僕は少し離れたところで黙想しています。頑張ってください」

「了解です」

と、言った途端、少し離れた岩陰から猪《いのしし》が現れ、道則のいる方に走ってきた。猪といって普通の猪ではなかった。体高二メートル四十センチ、体長六メートルはある、恐竜級の猪であった。猪と道則の間に巨大な岩があった。猪突猛進《ちょとつもうしん》という。ぶつかって死ぬのでは？　と期待して見ていると、予測どおり巨大猪は真正面から岩にぶつかった。

猪は死んだだろうか。死ななかった。

岩が粉々に砕けた。砕けた岩と岩がぶつかって火花が散っていた。

痛いやないかいっ。

自分でぶつかったくせに猪は激怒、毛を逆立て、おまえのせいじゃっ、と道則めがけて突進してきた。

道則は恐ろしくてならなかったが、これをしくじったら後はない。この試験に及第しない限り、あの楽しい、あのおもしろいチンポ外しができない。チンポ外しのできない人生なんて意味がない。だったら、私も滝口の武士、死ぬ気でぶつかっていったろやないかいっ、と覚悟を決めて両の手を広げ、猪の行く手に立ちはだかった。巨大猪が目の前に迫った。

ぎゅん。六尺の身体が一寸にも縮むような感覚を覚えて道則は思わず目を閉じた。

ばーん。という衝撃が、なかった。

あれ、どないなってんの。と目を開いた道則が抱いていたのは三尺に足らぬ朽ち木であった。

あはは。あほほ。

まるで陰茎が脱けたように気が脱けた道則は力なく笑った。股間が生暖かかった。

なるほど。これも術だったんだわ。考えてみれば八尺の大猪なんているわけがないわよね。ということはあの大蛇も術だったってわけね。それだったら逃げずに抱いとけばよかったわ。

道則が思っているところに、長官が現れて言った。

「どうやら、うまくいったようですね」

「ええ、なんとか。これで教えて貰えますよね。例の奴」

「いや、駄目ですね」

「え、なんでですか。合格じゃないんですか」

「ええ、合格は合格ですが、これは術士二級のテストです。陰茎外しは術士一級の免許がないとできません。でも二級が取れたんで、ちょっとした変幻術はできますんで、それを教えましょう」

「えー、マジですか。やりたかったなあ、チンポ外し」

「しょうがないじゃないですか」

という訳で滝口道則は術を習って京都に帰り、言い争いをする同僚のブーツを犬に変えて走らせたり、古草履を食卓に載せ、なにすんねん、と顔色を変える人たちの目の前で大きな鯉《こい》に変えるなどして愉《たの》しんだ。

そのことが帝にも聞こえ、元々、そういうことに興味のある陽成帝は道則を側近くに召して術を習得、忽《たちま》ちにして上達し、宮中の間仕切りの上から下へ、賀茂祭のミニチュアの行列を渡す、などして夢幻に遊んだ。


（第一〇六話）

博徒の子が財産家の聟《むこ》になった

以前のこと。博奕《ばくち》うちに息子があったが、この息子というのが極度に不細工であった。どのように不細工であったかというと、目と鼻と口が、まるで一箇所に集めたように顔の真ん中に固まって、後は広大な空き地のようになって、誰も見たことがないくらい異様で気色悪い顔であった。

博奕うちとその妻は日頃より、「あんな変な顔に生まれついて、人並みの人生を送れるわけがない。はっきり言ってあんな顔では博奕うちにもなれない。なんとかして世の中に居場所を見つけてやりたいがいったいどうしたものだろう」と悩んでいた。

そんなある日、二人は、ある大金持ちが娘の聟《むこ》を探している、という噂《うわさ》を伝え聞いた。

博奕うちは妻に言った。

「これや、大金持ちの聟になったら一生、食うに困らんで」

妻はこれに反論した。

「なにを言うてなはんね。あんたも聞きなはったやろ。向こうは家柄やそんなもんはどうでもええけど、向こうのお母《かあ》はんが、とにかく顔のええ聟はんを、ちゅて探してなはんにゃで。

「そうやけどや。うちの子ォが聟になれますかいな」

「そうやけどや。こんなええ話は滅多にないねやからね。儂も博奕うちゃ、のるかそるか、一か八か、いっちょ、勝負したろ、と思うねや」

「大丈夫かいな」

「大丈夫、大丈夫。儂にまかしとけ」

と、いうので博奕うち、大金持ちの家に参って、「天下一の美男、と評判の男が聟になりたい、と言っているのですがいかがでしょうか」と言った。

大事の娘に迎える聟である。普通であれば、「なるほど。少し考えさせてください」と言って相手の身辺調査などするはずだが、この大金持ちが夫婦揃《そろ》って極度に人を信じやすい性格で、博奕うちの話を聞くなり、「天下一の美男とはありがたい。是非ともよろしくお願いします」と、大喜びし、その場で暦を見て婚礼の日取りまで決めてしまった。

さあ、そしてやってきた婚礼の夜。立派な衣装を借りてきて天下一の美男を拵《こしら》えにかかる。

「大丈夫かいな。顔、見えたらえらいこっちゃで」

「夜やさかい大丈夫でしょ。提灯《ちょうちん》や行灯《あんどん》やみな、見つけたら吹き消しなはれ」

「月あかりちゅうもんがおまっせ」

「そやからその頭にかぶってるもんを、ぐっとこう引っ張って。そうそう、もっと、ぐっと、いやいや、もっと、ぐっと。なにをしてんにゃな。まだ、目ぇが見えたあるで」

「いや、引っ張ってまんにゃけどね。目鼻があんまり真ん中に集まってるもんやから、なんぼ引っ張ってもあきまへんねや」

「どんだけ、集まっとんねん」

　わあわあ言いながら顔の見えない工夫をして、博奕うちの仲間も大勢集まって、威儀を正して参加したので大層、立派で堂々とした聟入りの行列となった。

　そんなことで、不細工な息子は大金持ちの家の聟となりおおせたが、昼間に顔を合わせると不細工が露見するので、昼間は実家にて息を潜め、暗くなってから夜陰に乗じて大金持ちの家に参るという、よく言えば妻問いスタイル、悪く言えば泥棒スタイルを当面とっていたが、「たまには昼間、あかいところで聟どんの顔を見たいものじゃ」と再々、言われ、何度かは適当なことを言って切り抜けたが、ついに誤魔化しきれず、昼間に、妻とその両親に会う約束をしてしまった。

「えらいこっちゃで。あんなもん、昼間に見る顔やおまへんで」

「仰《おつしや》るとおり。どないしょう。顔見られたら追い出されんで」

「それだけでは済みまへんで。なんや、その顔、ちゅて損害賠償請求されまっせ」

「とりあえず仲間に相談しょう」

というので婚礼の際にも世話になった博奕仲間に相談をする。様々な意見が出されるなか、ある計画が提出され、それええやん、ということになり、綿密な打ち合わせのうえ、昼に会うと約束した日の前夜に実行に移すことになった。

その夜。若夫婦が眠る部屋の天井裏におごめくものがあった。誰か。博奕仲間より選抜された身の軽い者であった。その者はまず、天井裏を歩き回った。天井板がミシミシミシと鳴った。これを聞いたかねてより打ち合わせ済みの息子が妻に声を掛けた。

「なんか、音、せぇへん？」

「あ、する。なになになに？　怖い」

娘がそう言うのを聞いて博奕仲間が凶悪な感じで言った。

「天下一の美男、天下一の美男」

息子これを聞いて、ことさら怯《おび》えたような振りをして、

「天下一の美男、ってもしかして僕のことだろうか」

と言った。娘は、「もちろんよ。あなた以外に誰が居るっていうの」と答え、父母を呼びに行った。

「お父さん。お母さん。ちょっと来て」

「なんじゃいな、こんな夜さりに」

「と、とにかく来て」

そんなことを言いながら真っ暗な部屋に父母が入ってきたのを見計らって博奕仲間がまた、

「天下一の美男、天下一の美男」

と、凶悪な声で呼ばったから、物事を疑わず、頭からすべてを信じてしまう両親はすっかり怯え、

「ひえええええっ」と叫び、

「これはきっと鬼ですよ。我が家に鬼が現れたのですよ。こわい！」

と、泣き叫んだ。

そして博奕うちの息子は、

「世間の人が私のことを天下一の美男と呼んでいることは知っています。ということは、私を呼んでるってことですよね。こわいー、こわいー。なんで名前呼ばれるんやろ。こわいー」

と、打ち合わせ通りに怖がった。その間も天井裏から、「天下一の美男、天下一の美男」と呼ぶ声は続き、三度、呼ばれた時点で息子は答えた。

「な、なんでしょうか。なんぞご用でしょうか」

「なに返事しとんじゃ、ぼけ。なめとんのか」

「すみませんすみません。申《もう》し訳《わけ》ありません。うわー、怒られたー。こわいー」

「なにがすみませんじゃ、どあほっ。この家の娘はなあ、三年前から儂の女になっとんねん。おまえ、それを知ってて盗《と》りやがったんか。もしそやったら殺すけど、どないやね」

「ぜんぜん、知りませんでした。そうと知ってたら聟になんか絶対なりませんでした。すみません。命だけは助けてください」

「なるほど。知らなかったんだったらしょうがない。けれども、や。鬼の女、盗ったんやからただで済ますわけにはいかん。けじめだけはつけさしてもらお。おい、おまえ。おまえはその男前の顔がグチャグチャになんのんと、綺麗《きれい》な顔のまま、死ぬのとどっちがええ。ふたつのうちどっちか選べや」

「マジですか。うわー、悩むなあ。お義父《とう》さん、お義母《かあ》さん。ど、ど、どうしましょう。やっぱり僕は顔が綺麗という理由で聟にしてもらったわけですから、顔がグチャグチャになってしまったら存在価値ないですよね。やっぱり綺麗な顔のまま死んだ方がいいですかね」

聟がそういうのを聞いた、人のよい義両親は慌てて言った。

「なにを言うのやな。命が助かるやったら顔なんかどうでもよろし。顔をグチャグチャにしてください、と言いなはれ」

「わっかりました。ほんなら鬼さん、顔のグチャグチャでひとつ、お頼もうします」

「了解です。では、吸います吸います」

天井裏の声がそう言うと博奕うちの息子は打ち合わせ通り、暗闇のなかを転げ回り、

「うわー、気色悪い、気色悪い。なんか顔をもの凄い唇の力でチュウチュウ吸われてる感じがする。あああ、気色悪い。そして若干、痛い。あああああっ、ああああああああっ」

と絶叫、暫《しばら》くそんなことをしてから鬼役の博奕うちはミシミシ音を立てて歩み去った。

「行ってまいよった。聟どん、大事ないか」

「ええ、でも顔は、顔はどうなったでしょうか」

「おお、そうじゃ。どうなったやろう。とにかく灯りをとぼしましょう」

と灯りをともして聟の顔を見て一同は、あっ、と声をあげた。

「なんじゃいなこら。顔の真ん中に目鼻、固まってもとるがな」

「けどまあ、あんだけ吸われたらこうもなりますわな」

「マジですか。そんなひどいですか」

「ひどい。はっきり言ってひどい。こんなくだらない顔はこれまで見たことがない」

ひどーいー、と言って男は大袈裟《おおげさ》に泣き崩れた。

「そんなひどい顔になるんだったらいっそ殺して貰《もら》った方がよかった。つか、そんなひどい顔になる前に美しい顔を見ておいてもらいたかった。つか、あんな恐ろしい鬼の情婦になってる娘の聟になるのではなかった。そもそもこの家に聟に来たのが間違いだった。花の美男があり得ない不細工になってしまったのだ。僕は悲しくてならない」

嗚咽《おえつ》する聟に人のよい義父は、

「まあ、そんなおもろい顔になったのも元はと言えば私のせい。その代わりと言ってはなんじゃが……」

と言って聟にすべての財産を譲り、その後もなにかと大事にしたので聟は内心で、ヤッター、と思っていたし、こんな不幸に見舞われるのは土地が呪われているからかも、と考えて、別の場所に邸宅を新築してくれたので、その後は、ますますいい感じで暮らしたのだそうだ。

（第一一三話）

伴大納言が応天門を燃やした

かなり昔。清和天皇が世の中を治めていらっしゃった頃、大内裏八省院《だいだいりはつしょういん》の南面の正門、すなわち応天門が焼亡した。当時、周囲に火の気はなく、誰かが意図的に火を付けたものと思われた。というと単なる火事のように聞こえるが、この門は国家の権威の象徴のようなものでこれが焼け落ちた、しかも放火によって、というので大騒ぎになった。

それについて犯人を知っている、と帝に奏上した者があった。正三位大納言伴善男《しょうさんみだいなごんとものよしお》である。伴大納言は言った。「犯人は左大臣源 信《みなもとのまこと》である」と。驚き呆《あき》れた帝は源信を捕縛するよう命じ、兵が左大臣邸に差し向けられた。

そのとき、政界の実力者・藤原良房《よしふさ》公は実権を弟の右大臣藤原良相《よしみ》に譲って自らは白川の私邸に退隠、自由な立場で大所高所からの意見を述べていたが、この話を聞いて驚き惑い、とるものもとりあえず、略装にて内裏北側の朔平門《さくへいもん》まで馬を乗り付け、帝の御前《ごぜん》に参って申し上げ奉った。

「これ、はっきり言って、伴大納言の陰謀です。それに左大臣といったら朝廷の最高実力者です。その左大臣を捕縛するなんて前例はありません。そんなことをしたら秩序が保てなくなって世の中がムチャクチャになります。まずは事実関係をよく調べることです。左大臣に逃走のおそれはないのですから、とにもかくにも事実関係を調べてください。処分はそのうえで考えたらええのと違いますか」

「ああ、びっくりした」

「なにをびっくりされたのです」

「いや、あまりにも仰《おつしや》るとおりだから。わかりました。じゃあ、とりあえず事実関係を調査させましょう」

という訳《わけ》で事実関係を詳細に調べさせたところ、あっけないくらい簡単に左大臣の無実が証明された。報告をフンフン聞いた帝は控えていた良房公に仰った。

「まこと、あなたの言うとおり、左大臣は無実でした。早まって処罰していたら大変なことになるところでした。来てくれて助かりました。ドモアリガト。これはね、いま素早く書かせた命令書です。左大臣は無罪だから許す。と書いて私の名前と判が捺《お》してあります。これを直ちに左大臣のところに届けますから、どうぞ安心してください」

「ありがとうございます。さぞかし喜ぶことでしょう。それでは私はこれで失礼します」

そう言って良房公は御前を退出した。

一方その頃、左大臣邸では家中が悲嘆に暮れていた。というのはそらそうだ、まったく身に覚えのない罪で告発され、差し向けられた兵が邸宅を取り囲んで、命令が来たら直ちに処罰しようとしているのだ。

「この世に道理というものはないのか」

嘆き悲しんだ左大臣は、正装をして庭に筵《むしろ》を敷き、これに座って空を仰ぎ、天道・天帝に向かって、血の涙を流して道理・道義を訴えていた。

そこへ、血相を変えた天皇直属の蔵人頭《くろうどのとう》兼近衛中将《このえちゅうじょう》が馬に乗って駆けつけてきたので、本人はもちろん、家の者たちも、

「ひえええええっ、死刑の命令がついに来たっ。いやよー、いやよー」

と泣き狂い、多数の者が小便を垂れ流して気絶した。

ところがよく話を聞くうちに、そうではなくて赦免の使いということがわかって、

それはそれでうれし泣きということになって、左大臣家はその日は朝から晩まで泣きづめであった。

しかしそのことがあって以降、左大臣は人間不信というか被害妄想というか、いつなんどきまた冤罪《えんざい》を蒙《こうむ》って殺されるか知れたものではない、と怯《おび》え、誰かのちょっとした一言が気になって眠れず、また、動悸《どうき》がして動けなかったり、すぐに過呼吸になったりするし、情緒も不安定で、理由もなく泣き崩れたりするといった体たらくで、ほとんどろくに出仕しなくなった。

そんなことでこの一件はそれ以降、なんとなく有耶無耶《うやむや》になってしまったのだが、実はこの事件の目撃者があった。

五月のある日の夜更けのことである。右兵衛府《うひょうえふ》の比較的身分の低い役人が仕事を終えて東の七条の自宅に帰ろうとして応天門の前を通りかかったところ、人の気配がして、こんな夜更けに誰だろう、と、前後左右を窺《うかが》うのだけれども誰もいない。おかしいな、と思って行きかけると、今度は、ひそひそ話す声がする。いよいよおかしい、と思った役人は咄嗟《とっさ》に、門の脇の回廊に身を隠してあたりの様子を窺った。したところ。

門の、太い柱にしがみつくようにして人がずり降りてきた。

「怪しい。絶対、怪しい。こんな夜更けに門に登ってなにをやってた訳？　つか、どこのどいつ？」

そう思って役人はずり降りてきた男の、月明かりに照らされた顔を見て驚愕《きょうがく》した。男は、あろうことか伴大納言、その人であったからである。

「大納言ともあろう人がいったいなにを……」

そう思ってなおも様子を窺っていると、次に、大納言の息子、伴中庸《なかつね》が降りてくる。その後には、家来の、確かとよ清《きよ》とかいう男が降りてくる。

「この人たちはいったいなにをやっているのだ？　門登り遊び？　そんなバカなことはあるまい。まったく訳がわからない。ああ、知りたい。出て行って聞いてみるか」

役人がそう思って出て行こうとした、そのとき、ちょうどとよ清が地面に降り立ち、次の瞬間、三人は南の朱雀門《すざくもん》の方に全速力で走り出して、すぐに姿が見えなくなってしまった。

「マジ、訳わからん。明日、役所で聞くか」

そう考えて役人は家に向かって歩き出したが、二条堀川のあたりまで来たとき、「火事だー」と叫ぶ人々の声が通りから聞こえて、振り返って見ると火事は内裏の方角らしいので、慌てて走って戻ると応天門ががんがんに燃えていた。

これにいたって漸《ようや》く、身分の比較的低い役人は伴大納言たちがなにをしていたかを悟った。

だから、この役人は事件が起こった最初期の段階で真犯人を知っていたのである。

しかし、この役人はそれを上司にも言わなかったし、然るべき役所に届けることもしなかった。なぜなら、そんなことをしても誰も得をしない、と思ったからである。

しかしその後、左大臣に嫌疑がかかった、という話を聞いたときは、断じて彼は犯人ではない、と訴えるべきだろうか、と悩んだ。でも、そうすると、「じゃあ、真犯人は誰なんだ」ということになり、そうすると、「伴大納言とその一味」と言わざるを得なくなり、そうすると、大納言に、ど正面から喧嘩《けんか》を売ることになり、自分の立場ではそんなことは恐ろしくてできないので言い出せず、ただ、気の毒な左大臣の身の上を思うことしかできなかった。

なのでその後、左大臣の疑いが晴れたと聞いたときは、心の底から、よかった、と思うと同時に、心のつかえがとれたような、ほっとしたような気持ちにもなった。そして、真犯人のことは死ぬまで黙っていよう、と思ったのだった。

そんなことで、なんだかよくわからないまま十月になったある日、その役人の家の前で事件が起きた。

といっても、応天門焼亡、なんて大事件に比べれば、ごく小さな事件で、それは端的に言えば、子供の喧嘩、であった。役人の家の子供と向かいの家の子供が家の前で遊ぶうち、ふとしたことから言い争いになり、摑《つか》み合いの喧嘩になったのであった。

向かいの家の子供の喚《わめ》き声が聞こえたので、役人が家から出てみると自分の子供と摑み合いの喧嘩をしている。そこで、「おい、おまえら喧嘩すな。仲ようせえ」と、声を掛けたところ、同じく声を聞いた向かいの家の父親が家から出てきて、自分の子供と役人の子が喧嘩をしているのを見るや、子供の間に割って入ってこれを引き離し、自分の子供に、「大丈夫か。怪我ないか。よしよし、危ないからうちら入ってい」と声を掛け家に入れてから、役人の子に、「この、ど倅《せがれ》がっ。大事なうちの子ぉが怪我でもしたらどないするつもりじゃあっ」と喚きながら髪の毛を摑んで地面に叩《たた》きつけ、腰部を内臓が破裂して死ぬかと思うくらいにグリグリ踏みつけた。

当たり前の話だが、これを見た身分の低い役人は激怒し、自分の子供を救い出し、これを労《いたわ》ってから怒鳴った。

「子供の喧嘩に親が割って入って死ぬほど踏みつけるとはどういうこっちゃ。ムチャクチャやないか。おまえなに考えとんね、どアホ」

か」

「どアホはそっちじゃ、どアホ。おまえ俺が誰かわかってそんなこと言うとんのんか」

「わかるもわからんも向かいのおやっさんやないけ」

「そうとちゃうわ、ぼけっ。おまえは俺がなんの仕事してるか知ってんのんか」

「知ってるわ、ぼけ。どっかの家の会計係やろ。会計係がそないえらいんか?」

「俺を普通の会計係やと思うな、あほんだら。俺はなあ、聞いてびっくりすなよ。畏れ多くも正三位大納言伴善男様の家の会計をお預かりしたくりまくってる会計係様じゃ、ぼけ。おまえら木っ端《こば》役人の小倅をどつき回そうが、叩き殺そうが、俺のバックには大納言様がついてるから、どうっちゅうことないんじゃ、滓《かす》。わかったか。わかったら、その小穢《こぎたな》いクソガキ連れて去《い》にやがれ、あほんだら。こんどうちのお坊ちゃま様になんどしゃあがったら、今度こそ叩き殺すからそう思とけ、蔕《へた》」

そこまで言われたのだから身分の低い役人も黙っていられなくなった。役人はついに言ってしまった。

「なんやとこら。二言目には大納言、大納言てえらそうに言いやがって。大納言がなんぼのもんじゃこら。ええか、よう聞け。大納言がいまなんで大納言でおられるか、わかっとんのんか。それはなあ、俺が去る五月の晩にこの目で見たことを誰にも言うてへんからじゃ。もし、俺がそれをちょこっとでも口にしてみい。大納言かなんか知らんけど、一巻の終わりなんじゃ、ぼけっ。そんなことも知らんとえらそうにぬかしやがって。いっぺん、いてもたろか、こらあっ」
と、そして役人がそう言い終わる頃には、騒ぎを聞きつけた人が二人を取り巻いて人垣ができていた。人々は役人に同情的な雰囲気を醸し出しており、また、役人が思いも寄らぬことを言い出したのを不気味に思った向かいの会計係は、「今度から気ぃつけよ」とかなんとか、小さな声でブツブツ言いながらこそこそ家に入っていって戸を立ててしまった。

さあ、その場はそれで収まったのだけれども、収まらなかったのは、その場で喧嘩を見て、大納言が云々《うんぬん》という役人の啖呵《たんか》を聞いた人で、人々は寄ると触るとその話をして、大納言がなにかやらかした、という噂《うわさ》は忽《たちま》ちにして市中に拡散、ついに宮中にまで聞こえた。

これは放ってはおけぬ、というので役人を召し、なにを見たのかを問い糾《ただ》した。初めのうちはテキトー言って誤魔化していた役人だったが、しかし本当のことを言わなければあなたも罪に問われる、と脅され、ついに見たままを話して、伴大納言も呼び出されて事情を訊かれ、とうとう真相が顕《あらわ》れ、伴大納言は解任されて島流しになった。

伴大納言は応天門を焼き、その罪を左大臣源信に被《かぶ》せて失脚させ、自らがその地位について朝廷を思うままに操ろうと企てたのだった。けれども事が顕れて自分が失脚してしまった。流刑地に向かうその胸中はいかばかりであっただろうか。それを思うと笑けてならない。

（第一一四話）

兵衛尉藤原保輔は泥棒だった

そこそこ前。丹後守《たんごのかみ》藤原保昌《やすまさ》という人の弟で保輔《やすすけ》という人があった。兵衛尉《ひょうえのじょう》という結構な官職を賜った貴族であったが、この人は盗賊の頭でもあった。

姉小路の南、高倉の東に邸宅があった。

邸宅の敷地の最奥部に蔵があり、その蔵のなかには井戸のように深い穴が掘ってあった。

太刀、鞍《くら》、鎧《よろい》、兜《かぶと》、絹、布などを扱う業者を邸内に呼び入れ、高値で契約を結び、最奥部の蔵に品物を運ぶように指示し、有利に取引できた、と喜んで疑いなく蔵に入ってくる業者を穴に突き落として殺害、商品を不法に奪い取った。

なので、保輔と取引した後、行方がわからなくなった同業者が多すぎる。もしかしたら殺されたのではないか。という噂《うわさ》が業者間に流れたが、死体が発見されないので、根拠不明の噂、の域を出なかった。

それだけではなく保輔は市内の各所に押し入って強盗を働くなどしていた。そのことも話題になっていたが、どういう訳《わけ》か捜査機関は動かず、その後も彼が捕縛されることもなかった。

（第一二五話）

蔵人得業恵印と猿沢池の龍の昇天

この話もかなり前の話なのだが、奈良に蔵人得業恵印《くろうどとくごうえいん》という僧がいた。笑うくらい鼻が巨大で、しかもその先端部が赤く、それが人に強い印象を残したので、人々は彼のことを、大鼻の蔵人得業、と呼んだ。しかし、それでは長い、というので、これが次第につづまって後には、鼻蔵人、と呼ぶようになった。暫《しばら》くはそれでよかったのだが、そう呼ぶうちにそれも面倒くさいということになって仕舞いには、鼻蔵《はなくら》、鼻蔵、と呼ぶようになったというのは、おほほ、人々が彼をあまり尊敬していなかったということの証拠であろう。そう呼ばれる度に恵印の心は、表向きは、そんなことは気にもしていない、という振りをしていたが実は深く傷ついていて、やめてほしい、と思っていた。

その彼が若い頃、あの有名な猿沢池の畔《ほとり》に、「何月何日、この池から龍神が昇天します」という立て札を立てた。

なぜそんなことをしたのか。神からメッセージでも受け取ったのだろうか。そうではなく、純然たる悪戯《いたずら》、若者の愚行、であった。ところが、その札を見た人々は、そんなこととは夢にも思わず、これを真剣に受け止め、龍神様が昇天するなどということは実に稀有《けう》なことであって、神聖なことです。素晴らしくも恐ろしいことです、なんて言い合って昂奮《こうふん》しており、その様を見て、鼻蔵人の恵印ちゃんは、「俺の仕掛けた罠《わな》にズッポリ嵌《は》まってあんなこと言うてる。笑けるんですけど」と喜んでいた。そしてその時点では、最後まで騙《だま》し通してやろうと思っていた、ところが。

そうこうするうち、事態は恵印の予想を超えた広がりを見せた。

恵印自身は、せいぜい近所の、このあたりを頻繁に通行する顔見知りの人、を対象に悪戯を仕掛けたつもりであったのが、龍神昇天、というキーワードが人々の心に、バスッ、と嵌まったのか、評判が評判を呼んで、適当に書いた期日の近づく頃には、奈良、大阪、兵庫にまで噂《うわさ》は広がり、それればかりか、龍神が昇天するところをこの目で見たい、という何十万という群衆が猿沢池の周辺に陸続として集まってきた。

そうした様子を恵印はおもしろい、と思っていたし、自分がやったことにそんな大きな反応があるのは痛快だ、と思っていた。ところがついに自分がテキトーに書いた当日を迎え、猿沢池を目指してやってきた何十万という人々の姿の、そのいちいちの振る舞いを見て恐ろしくなった。

老婆が狂熱して顔面を小刻みに左右に動かしていた。中年のおっさんがビクビク痙《けい》攣《れん》しながら譫言《うわごと》を発していた。若い男が三味線をバクバク食べていた。若い女が池にはまっては出てくるということを繰り返していた。小児が馬肉を貪り食らっていた。

その狂ったような人々を見て、恵印は、この人たちをこんな風にしてしまったのは自分であり、もし悪戯が露見したら自分はいったいどんな制裁を受けるのだろうか、と考えて怖くなったのである。

恐れ戦《おのの》くうち、恵印の心に奇怪な想念が浮かび上がってきた。

それはもしかしたら本当に龍が昇天するのかも知れない、という想念である。

それは確かに奇妙な想念だった。というのはだってそうだろう、龍が昇天する、という嘘《うそ》の立て札を立てたのは恵印自身であり、それがデタラメであることは誰よりも恵印が知っているはずである。

けれども。と恵印は思った。まったく根拠なく、これだけ多くの人がこんな風に騒ぐだろうか。これだけの人が集まってこんな大事になるということは、それ相応の根拠があるのではないか。そして自分は知らないでいて、たまたま悪戯を仕掛けてしまったのではないか、と恵印は思ったのである。

ということは龍が本当に昇天するということで、もしそうだったら凄《すご》いことだと思い、自室に隠れて震えていた恵印であったが、そう思うと居ても立っても居られず、その当日、頭巾《ずきん》で頭と顔を覆い目ばかり出して猿沢池に向かったが、人が多くて近くに寄れず、そこで興福寺の南大門の二階の張り出しに登って猿沢池の方角を望み、いまかいまかと龍の昇天を待ったが、いつまで経っても昇天せず、ついに日が暮れてしまった。

あはは。あほほ。気弱な笑みを浮かべた人々が無気力に帰っていった。

恵印も、いつまでもアホのように南大門の上にいる訳《わけ》にもいかないので、門から降りて自室に向かって歩き始めた。

その途中に川があり、その川に幅が極端に狭く、また手すりもなにもない橋が架かっていた。その橋を盲人が渡っていた。それを見た恵印は思わず、「あっ、危ない。目くらなのに」と叫んだ。

目くら、と言われてむかついた盲人が咄嗟《とつさ》に言い返した。

「目くら、ちゃうわ。鼻くらじゃ」

盲人は相手を恵印であると知ってそう言ったわけではなかった。目くら、と言われたのがむかついたので、咄嗟に目くらを鼻くらと言い換えて言ったに過ぎなかった。しかし、言われた相手が、みんなに半笑いで鼻くらと呼ばれ、それを実は気に病んでいる恵印でたまたまあった訳で、意図せず絶妙な切り返しになってしまったのだ。なんか笑う。

（第一三〇話）

偽装入水《じゆすい》を企てた僧侶のこと

これもそこそこ前の話。桂川《かつらがわ》に入水《じゆすい》して西方阿弥陀如来《あみだにょらい》のおわす極楽浄土に転生し、この世の人々を救うための修行に励もう、と決意した僧があった。

つまり、人々のために命を捨てて往生を遂げる、ということで、普通の人間にできることではなく、「えらい坊さんや」「はっきり言うて聖人やで」「聖《ひじり》やで」と世間で大評判になった。

といって、いきなり、「ほな、行ってきまっさ」と言って簡単に桂川に入ったわけではなく、まず祇陀林寺《ぎだりんじ》という立派なお寺で百日懺法《せんぼう》というハードな修行を行った。どういう修行かというと、百日の間、絶え間なく経を読むことによって、これまで犯してきた罪障を消去するという修行で、そうやって罪障を消去しないと、西方極楽浄土に入れてもらえないのである。

さあ、そしてその段階で既に群衆は狂熱、その尊い姿を一目見よう、と遠くからも近くからも押し寄せて、その様は、入水の聖・狂熱のライブ、みたいなことになっていた。

「うわっ、うわっ、うわっ、押すな押すな。そない押したら溝《みぞ》ぃはまるがな」

「別に儂《わし》が押してるわけやない、儂かて後ろから押されてんにゃ」

なんて体たらくで、ことに女の人の狂熱ぶりはいみじくて、身分の高い女の人たちの女性仕様の牛車《ぎっしゃ》もびっしり連なり、交通渋滞のようなことになっていた。

百日の懺法によって肉体と精神を酷使したためであろうか、瘦せ細ったその僧は、けっして群衆と目を合わせず、仏の姿のみを追い求めて目を薄く閉じ、時折、震えるように幽《かす》かに唇を上下に動かしたかと思ったら、か細い、掠《かす》れた声でなにか称《とな》えた。群衆にその声ははっきりとは聞こえなかったが、弥陀の名号を称えているらしかった。

そしてまた、たまに、感に堪えない、と言った様子で、ふう、と吐息のような息を洩《も》らし、目を開いて集まっている群衆の方を切なげに見回した。このとき目が合った者は感激して経を唱え、合わなかった者が目を合わそうとして押し合いへし合いして人々は波のように揺れた。目が合って感激のあまり昏倒《こんとう》する女性が続出した。失禁する者も少なくなかった。

そして、百日の懺法も終わり、いよいよ入水当日となって、群衆の狂熱は頂点に達した。

まずは祇陀林寺の堂に入って経を読む。この時点で既に泣いている人が多くいる。しかし、出家というものはえらいもの、少しも感情を動かさず、入水の聖はもちろん、他の大勢の僧も淡々としている。

まず、堂から出てきたのはそうした付き添いの僧たち、尊いお経を読みながら整然と列を作って寺を出て街道を目指す。入水の聖は最後尾の、ああなんと尊いことであろうか、立派な車ではなく、しょうむない荷物を積むような車に乗って綺羅《きら》を飾らない。痩せた身体に紙で作った袈裟《けさ》を着て、グラグラ揺れながら、ときどき唇が動くのはなんと言っているのだろうか、声が小さくてまったく聞こえない。歓呼する群衆の方を見もやらで、ときおり大きく息を吐くのは尊い呼吸法なのだろうか。

あな尊し、あな尊し。この姿を見て群衆は歓《よろこ》んだ。歓びまくりたくった。歓びまくりたくって、かねて用意の紙で拵《こしら》えた花や米を供養じゃとて、この限りなく尊い聖に向かって雨あられのごとくに撒《ま》き散らす。

供養のために撒き散らすのだから結構なことなのだが、大勢の人が一時に撒き散らすものだから、米粒が目鼻に入って聖、痛くてたまらない。ついに我慢ができなくなって、

「みなさん、ちょ、ちょ、ちょっと、待って。痛い痛い痛い痛い痛い、ちょっ、ちょっと無茶したらどんならん、無茶したらどんならん。そないこっちめがけて投げたら痛うてどんなんやないかな。痛い痛い、あの、みなさん。米を供えてくだはんのはまことにありがたいこってすけろね、目、目に入って痛いんです。すんませんけども、供えてくだはんにゃったら、そなして投げるんやなしに、紙袋かなんぞにいれて、さっきまで私がおりました祇陀林寺に届けとくなはれ」

と、群衆に呼びかけた。

これを聞いて専門的な知識のない一般の群衆は、「うわー、聖が喋《しゃべ》んなはった。声、聞けただけでもありがたいこっちゃ」と歓び、土下座してこれを拝んだが、少し知識のある者たちは稍《やや》、不思議に思い、

「おい、いまの聞いたか」

「聞いた。怪態《けったい》やな」

「さよさよ。これから、おまえ入水して往生しょうか、ちゅもんがやで米の行き先、心配するて、そんなアホな話があるかいな」

「なあ。みな盛り上がってるから大きな声では言えんけろ、ちょっと怪しいのと違う」

などと小声で噂《うわさ》した。

なんて言っている間にも行列は進んで七条の西の外れ、桂川の近くまでやってくると、町中にも大勢の人が集まっていたけれども、それを遥《はる》かに超える群衆が尊いお坊さんが入水して往生するところを一目見ようと集まって、その数は河原の石よりも多かった。

そんな多くの人の視線を一身に浴びて件《くだん》の聖、川端に止まった車より、しずしずと降り立って、礼拝《らいはい》のような仕草をして、さあ、いよいよ入水か、とみなが思っていたところ、傍らの介添え役の僧に、「いま、何時ですか」と問うた。

「ええっと、いまですか。四時をちょっと回ったところですね」

「あ、四時過ぎですか。あ、午後の？　あ、なるほど。ちょっと、早いね」

「なにが早いんですか」

「往生する時間としては、もうちょっと遅めの方がよろしいね」

「あ、そんなもんですか」

「そんなもんですね。ちょ、ちょっと待ちましょか」

そう言って入水の聖は川端に座って読経のようなことを始めた。

そのまま暫《しばら》く時間が経って群衆のなかには、

「ほんまやな。いつまであんなことして拝んどんね。さっさと入らんかいな。儂、こ

このあと、用があんにゃ」

「儂もまだ仕事、残っとんね。あの、様子やったらまだ時間かかりそうやで。しゃあ

ない、去《い》のか」

「そやの。去の去の」

と帰ってしまう者も出始めた。

しかし、半ばほどはまだ残っていて、そのなかには僧もいたが、その多くは、「儂もけっこう経は読んできたけど、往生の時間、ちゅうのはどのお経にも載ってなかったように思うにゃがなあ」と、首を捻《ひね》っていた。

それからまた暫く時間が経った。入水の僧はまだ読経のようなことをしており、ついに痺《しび》れを切らした介添え役の僧が言った。

「まだ、入りまへんの?」

「あー、まだ、ちょっと時間の方が」

「言うてもう二時間ほど経ってまっせ。ひょっと思たんですけど、もしかしたら、あんた、見物がみな帰るのんを待ってるのと違いますか」

「いやいやいやいやいやいやいやいやいやいやいや、拙僧に限ってそんなことはない」

「そうでっしゃろな。あんたに限ってそんなことある訳《わけ》、おまへんわ。ほんだら、ええ加減、度胸決めてさっさと入んなはれ。なんやったら私が突き落としまひょか」

「やいやい言うな。入るわい。入ったらええねやろ」

そう言って入水の聖が立ち上がった。

「おー、ついに入りよりまっせ」

「ありがたいこっちゃ、ナマンダブナマンダブ」

「ナマンダブナマンダブ」

群衆が一斉に南無阿弥陀仏《なむあみだぶつ》を唱えるなか、入水の聖は小舟に乗り、川の中程まで進むと、まず、くるくるっと衣を脱ぎ褌《ふんどし》姿になった。

「褌一丁になりよりましたで」

「ナマンダブナマンダブ」

「ナマンダブナマンダブ」

それから群衆が見守るなか、入水の聖は西の方角を確かめ、

「それでは皆さん、さようなら」

と言って、ざぶっ、と川へ入ったには入ったのだが、その際、足が船端にあった縄に引っかかって、上半身だけ川に入ったのだけれども、下半身は縄に引っかかっているから、完全に水中に没することなく、中途半端な姿勢で不細工にもがいていた。

「ああ、縄がっ、縄がっ。ああっ、これは入水はやめておけという神意なのだろうか。折角《せっかく》、周到に準備してきたのに、残念なことだ」

と、水中でもがきながら聖は喚《わめ》いた。これを聞いた介添え役の僧が言った。

「大丈夫です。私が縄を外しますから」

「マジ？　え？　え？　ちょっとやめて、外したらマジで水に沈む」

「そやさかいええねやがな」

「ちょっと、マジ、やめてぇぇぇ」

入水の聖は叫んだが僧は縄を外し、聖は浮かんだり沈んだりしながら流されていった。

アップアップしながら流されて次第に沈んでいき、なんという苦しさだ。水で死ぬのがこんなに苦しいと知っていたら別の方法で往生したのに、なんて考えていた聖の視界の端に人影が映った。

尊い聖の入水を少しでも近くで見ようと、腰まで川に浸かっていた人たちのひとりであった。

「たすけてー」

声にならぬ声をあげ、聖はその人影に向かって手を伸ばした。これを認めた男は、

「おっかしいなー。尊い聖の入水・往生のはずなんやが、近くで見ると、どう見ても、警告を無視して増水した川の河原でバーベキューをしていて溺れたアホにしか見えん。なにか故障でも生じたんやろうか」

と訝《いぶか》ったが、助けを求めているのだから、とにかく助けよう、というのでザブザブと歩いて行き、手を伸ばしてこれを引き上げた。

引き上げられた聖は、まず、ゲブウッ、と水を何度か吐き、それから、ハアハアと荒い息をつきながら左右の手で顔の水を払い、苦しい息の下で、

「ああ、えらい目におおた。けど、おおき、ありがとう、おおき、ありがとう。お陰様で助かりました。この御恩はいずれ極楽浄土で必ずお返し申し上げます」

と言い、よろよろ土手を上がっていき、土手の上に上がると、後も見ずに出し抜けに駆けだした。

これにいたって初めて群衆は僧の入水がインチキであることを知った。最初から怪しいと思っていた人たちは噂した。

「やっぱそうだしたな」

「そうだしたな。入水する言うて寄進・供養の品々を騙《だま》し取ろうとしよりましたんや」

「けど、評判になりすぎました」

「そうだ。こない人が集まるとは思てなかったんでっしゃろ」

「うまいことといきすぎたんですな」

「けど、みな怒ってまっせ。大丈夫でっか」

「殺されるかも知れまへんな」

その通り、騙されていたとわかった群衆は激怒して、これまで尊敬していたのと同じくらいに聖人を憎み、大人、子供の別なく、河原の小石を拾ってはこれに向かって投げつけた。聖はこれを躱《かわ》しつつ褌一丁で遁走《とんそう》したが、なにしろ大勢の人間が次々に石を投げつけたので躱しきれず、頭部に小石が命中、頭から夥《おびただ》しい血を流してその場に倒れ、びくりとも動かなくなった。

それでも群衆は彼を悪《にく》み、

「死ね、かすっ」

「インチキ野郎。ペテン師」

「米、返せ」

などと罵って、その日は新京極とかで酒を飲んで暴れた。

さあ、それで心配になってくるのは、その入水の聖の安否であるが、そのときはどうやら死なず、その後は奈良で暮らしたようである。まあ、それはそうだろう、あんな騒ぎを起こした以上、その後も京都に暮らすのは難しい。けれども、懲りてないのかなあ、と思うのは、その後、奈良から京都の知り合いに瓜《うり》を送ったときに添えた手紙の署名欄の話を聞いたからである。なんと書いてあったか。

署名欄には、「あのときの入水の上人」とあって、それが些《いささ》か得意げな感じであったそうである。

（第一三三話）

増賀上人が三条の宮でやらかしたこと

前。奈良の多武峰《とうのみね》のお寺に増賀上人《そうがしょうにん》というお坊さんがいた。ムチャクチャに学識があって、仏教をものすごく深く理解していたので、みなこの人を尊敬していた。けれども、あまりにも深く仏の教えを理解していたため、常人からすると、厳しすぎる言動に及ぶこともあった。ときにそれは激越ですらあった。

特に世俗的な権威、富や名声というものを嫌って、それらから距離を置こうとする姿勢は一般の人の目には狂気じみて見えた。

ある日、その増賀の許《もと》に宮中より使者が見えた。

三条大后《おおきさき》の宮、というのは円融天皇のお后であり一条天皇のご生母、すなわち貴人中の貴人であるが、その宮が髪の毛を切り落として出家する。その儀式の際に、僧として戒律を授け、また、立ち会う役目、すなわち戒師を引き受けて欲しいというのである。

使者に対応してその旨を聞いた多武峰のお寺の僧たちは戦慄した。なにしろ世俗の権威を一切認めぬ増賀上人なので、そんな使いを取り次いだら怒り出すに決まっている。ただ、怒るだけならよいが、「俺を誰やと思てけつかんのんじゃ。なにが大后じゃ、あほんだら」と、罵倒するのではないか。罵倒だけならまだなんとか取り繕うこともできるが、最悪、ボコボコにどつき回してしまうのではないか。宮中の貴人からの使者をそんな目に遭わしたら寺が潰れてしまう、と怯《おび》えたのである。

ところが話を聞いた増賀上人は意外にもあっさりと、「あ、別にいいですよ。戒師、はいはい。やりましょう」と引き受けてくれたので寺の人たちは、ほっと胸を撫《な》で下ろしつつ、「珍しこともあるもんやね」と言い合った。

という訳《わけ》で当日、三条宮に参内、宮様サイドもよろこんでこれを迎えて、儀式が始まった。枢要《すうよう》な寺院から僧侶たちが大勢集まり、また、上級貴族も多数出席、また帝の代理の方もご出席なされて、激烈に華々しかった。

そんななか増賀上人は、というと、日頃から修行が積んであるから、そんな高貴な人々に気圧《けお》されるということなどまったくなく、次元が違って尊く、全体に峻厳《しゅんげん》で近寄りがたい威厳があった。

さて、銭や米や布を山ほど貰《もら》った僧侶たちが気合いを込めて読経するなか、儀式は進み、いよいよ授戒ということになった。

増賀上人は三条大后の宮のいらっしゃる御簾《みす》のすぐ近くまで参り、戒律を授け、長くて美しい黒髪を鋏《はさみ》で切り落とした。その厳粛な様子を見て、御簾のうちらにいた宮様にお仕えする美しい侍女たちは涙を流した。ありがたくもあり哀しくもあったのであろう。

さあ、そうして宮の髪をすっかり切り落とし、授戒の儀式を立派に終え、増賀上人は退出、貴人たちは恭しくこれを見送った、そのとき、増賀上人は大声で言った。

「まあ、やれというので一応、やりましたけど、納得いきませんね。なんで、わざわざ僕を呼んだんですかね。なんでなんですか？　マジ、わからないです。あっ、もしかして、どっかで僕のチンポでかいって聞きました？　それだったら期待外れですよ。確かに僕のチンポ、普通の人のよりは大分、でかいです。けどねぇ、も、もう、さすがにこの歳《とし》ですからねぇ、まったく、勃《た》ちません。くにゃくにゃです。でかいけどね。意味ないでしょ？　チンポ、くにゃくにゃなんで。すみませんねぇ、くにゃくにゃのチンポで。もうさすがに無理です。チンポはねぇ、無理です。チンポ、チンポ」

誰も一言も発することができなかった。

流れ出る冷や汗を拭うこともできず、時間が停止したかのように、その場から動けなかった。

そんな一同を尻目に上人は外廊下に出て、なおも、

「ああ、なんかふらふらします。つうのは、僕、もう歳でしょ。なので、風邪の治りとか、めっちゃ悪くて、いまも腹の調子、めっちゃ悪いんですよ。だから今日は無理かなー、って思ってたんですけど、折角《せっかく》、呼んでもらったのに断るのもわるいかなー、って我慢してたんですけど、あああっ、もう、なんか限界みたいです。すんませんねえ」

と、尾籠《びろう》なことを言ったかと思ったら、外廊下の端っこまで走って行き、尻をまくってしゃがみ、手すりの隙間から尻を外に向かって突き出すと、下痢便を勢いよく噴出した。

絶対に響いてはならない音が宮中に響き、その音は宮様のお耳にも聞こえてしまった。

若い貴族は爆笑した。老いた貴族は卒倒した。あいつを呼ぼうと最初に言ったのは誰だ、という責任のなすり合いが始まった。

こんなきちがいじみた振る舞いを意図的に繰り返す増賀上人であったが、その評判

は年ごとに高まっていき、人々はいよいよ彼を尊敬した。

（第一四三話）

穀断《こくだち》の嘘《うそ》が顕《あらわ》れて逃げた聖の話

昔。長い間にわたって修行を続けている僧があった。何年も何年も、米や麦は言うに及ばず、稗《ひえ》、粟《あわ》、豆類などもいっさい口にせず、木の葉を常食とした。人々は彼を尊び敬った。

評判は時の帝にまで聞こえ、帝は彼を召して神泉苑《しんせんえん》の畔《ほとり》に住まわせて篤《あつ》くこれを敬った。

ところが、そんな彼の評判を聞いた若い、いちびった貴族たちが、あまり敬わず、それどころか、ひとつ我々が試してみよう、と言い、徒党して上人《しょうにん》のところに押しかけていった。実際に対面した上人はたいへん清げで尊い様子であった。大人であればそれだけでありがたくて胸がいっぱいになり、涙がこぼれたであろう。しかし、彼らは若いのでその尊さが理解できず、「あなたは穀断《こくだち》をしていると言いますが、いったい何年くらい穀断をしているのですか」と、出し抜けに無遠慮な質問をした。

いきなり押しかけてきた若僧が、そんな風に不躾《ぶしつけ》に聞いてきたら普通は怒る。けれども上人は聖《ひじり》だからちっとも怒らない。優しい口調で、

「ほほほほ。何年とな。さうですねぇ。ちょうど、あなたと同じくらいの年頃から五穀を断っておりますでな。五十年以上になりますな。おほほほほほ」

と、答えた。後ろの方でこれを聞いていた若い貴族たちが小声で話し合った。

「ほー、五十年ってすごいですね」

「マジ、すごいですね。ところで、そういう人の便っていうのはどうなっているんでしょうね。やはり、常人とは違うのでしょうか」

「それは当然、違うでしょう。そのあたり確認してみる価値、ありそうですね。トイレに行って調べてみましょうか」

「うん、そうしよう。でも、みんなでゾロゾロ行ったら上人に気取《けど》られますから、二、三人、そう、君と君とそして君、ちょっと行って見てきてください」

「えええぇ？　なんでですか。なんで上人に気取られたら駄目なんですかあ？　私も行って調べたいのに」

「いくら上人でも便まで調べられたらよい気はしないでしょ。さあ、行ってきてください」

「わっかりました」

そう言って数人の調査隊が派遣され、暫《しばら》くして戻ってきた。

「行ってきました」

「どうでした？　やはり普通の人とは違った感じの便でしたか？」

「いや、それがおかしいんですよ。便のなかに未消化の穀物が混ざってるんですよ」

「ってことは穀類をめしあがったということでしょうか」

「まさか。あんな尊い聖がそんなことする訳《わけ》がないでしょう。やはり、あれくらいの上人になると腹のなかで木の葉が穀物になるのでしょうか」

「それはないでしょうね。それにしても僕らの会話、白いね」

などと白こいことを言っている間にも前の方では上人との遣《や》り取りが続いていたが、そのうち上人が言った。

「あ、もうこんな時間、ちょっと私、帝に呼ばれておりますので、ちょっと出掛けて参ります。なに、鍵？　ははははは。出家の身じゃによって、盗《と》られて困るようなものはなーんにもござりませんのじゃ。という訳で私は失礼をいたしますが、皆さんはどうなされますかな」

「あ、そうですか。どうも気がつかなくて申し訳ありません。どうぞお出掛けください。僕たち、もう少し、ここにいてもいいですか?」

「そりゃ、なんぼおっても構わんがなにをしなさるおつもりじゃな?」

「尊いお上人様のいつもおらっしゃるところで仏様に祈りを捧《ささ》げたいのでございます」

「あ、そりゃご奇特なことじゃ。そうしなさい」

そう言って上人は行ってしまう。その後ろ姿を見送って、後ろの方で話していた貴族のひとりが言った。

「行きましたよ」

「行きましたねぇ。じゃあ、ちょっと探してみましょうか」

「なにを」

「穀物ですよ。聖に限ってそんなことは絶対にないと思いますが、もしかしたらどこかに隠しているかも知れないじゃないですか。もちろんそんなことはないと僕は信じていますよ。信じていますが、もしかしたら、このほら、座っておらっしゃった畳あるじゃないですか。なんかちょっとべこべこしてるでしょ。そこで、この下に隠してあるなんてことがね、あるかも知れない可能性がまったく否定できないという考えすら否定してしまうことを否定することは否定できないですからね」

「なるほど。どっちだかわからなくなったが、兎《と》に角《かく》、畳を上げてみよう」と言って畳を上げてみると、果たして、床下に穴が掘ってあり、そこに袋、引き上げてみるとなかに入っていたのは間違いなくお米であった。

上人はみなに隠れて、ウマイー、とむせび泣きながらおいしいご飯を食べていたのだった。

この事実を青年貴族たちは、当然の話であるが、宮中はもちろん、洛中《らくちゅう》に言いふらして歩き、この上人を見かける度に、「コメクソ聖人、コメクソ聖人、ヒュー、ヒュー、ヒュー」と手を拍《う》ち、口笛を鳴らしてはやし立てたので、いたたまれなくなって聖は京都を脱走した。

その後は消息も知れず、その姿を見た者はいなかったらしい。

（第一四五話）

陽成院の御所の化け物のこと

昔。陽成院《ようぜいいん》の御所がどこにあったかということは、いまここではっきりとは言いにくいが、皇居よりは北にあり、西洞院《にしのとういん》よりは西にあり、油の小路よりは東にあった。そしてそこはあろうことかこの世のものではないものが棲《す》む土地であった。

ある夜。庭池に面した建物で警備員が仮眠をとっていると、深夜、頼りない手つきで、顔を、そろそろっ、と撫《な》でる者がある。

気持ちわるっ、と飛び起き、「誰じゃ、こらあっ」とおらびつつ、大刀を抜いて威《い》嚇《かく》し、片手で、ぐっと、と腕を摑《つか》むと、薄い藍色の上下を着た、小《こ》きたない爺《じい》がしょんぼり立っており、「われ、なんじぇえ？」と問う警備員に言った。

「私は、この土地の主ですよ。昔からここに棲んでるんですよ。私は浦島太郎の弟ですよ。上古からここに住んでもう千二百何年ですよ。頼みがあります。ここに社殿を造って私を祀《まつ》ってください。そしたら私はあんたらをお守りするんですよ」

おそらくこの世のものではない、小きたない爺に懇請された警備員は答えた。

「言いたいことはわかった。けれどもそれは僕の一存で決められることではない。お上に申し上げ奉って、お願いすることしか僕にはできぬ」

というのは当然の話で、なぜなら一介の警備員の一存で院の御所に社殿の新造なんて決められるわけがないからである。

ところが、なんということだろうか、この返事を聞いた爺はなぜか激怒して、

「腹、立つんですよ」

と言うと、さっきまでしょんぼりした、小きたない爺だったくせに急に強くなって、前蹴りで警備員を蹴り上げた。

したところ、なんという脚力だろうか、筋骨たくましい警備員がまるで蹴鞠の毬《まり》のように空中高く跳ね上がり、やがて落ちてくるところをまた蹴り、ということを三度、繰り返し、三度目には内臓破裂で意識混濁状態になった警備員が落ちてくるところを、大口を開けて待ち構え、一口でこれを食してしまった。

最初は通常の人間と変わらぬ大きさであったのが、一瞬で、人間を一口で食べられるほどの大きさ、すなわち、奈良の大仏の三倍くらいの大きさに膨れあがったのである。

陽成院の御所にはそんなものも棲んでいた。

(第一五八話)

元輔が落馬した話

相当前。歌人として名高い清原元輔《きよはらのもとすけ》が内蔵寮《くら》の次官に任官して、上下《かみしも》の賀茂神社の祭礼に勅使として参った。

なんの問題もなく勤めを果たし、さあ、帰ろう。と、馬に乗って一条大路を通りがかったところ、多くの豪勢・豪奢《ごうしゃ》な牛車《ぎっしゃ》が路傍に停車していた。

極度にやんごとない貴族たちが祭りを見物しようというので、牛車を路傍に停めていたのである。

ということはその牛車のなかには高貴な方々がおらっしゃるということで、これを見た元輔は気を遣って以下のように考えた。

牛車のなかには高貴な方がおられる。通常の儀礼で言えば、高貴な方々の前でバタバタ走ったり、大きな物音を立てるなどするのは失礼なことで、なににおいても、物静かに、ゆったりとした動作を心がけなければならない。したがってここは私も、パッカパッカ、と軽快に駆けるのではなく、パカパカ、と静かに進むべきなのだが、果たして本当にそうなのだろうか。だってそうだろう、あの方たちはいったいなんのためにここにいらっしゃったのか。そうだ。お祭りの行列を見るためだ。綺羅《きら》を飾ったお祭りの行列を見て、美しいなあ、とか、厳粛だなあ、とか、そういった、オモシロミ、興趣のようなものを自分のなかに感じるためにいらっしゃっているのだ。その前を私がゆっくり、静かに通ったらどうなるよ? そう。視線が妨げられ、お祭りが見えなくなってしまう。というか、それ以前に自分のような地位の者があの方々の視線を遮るということ、それ自体があまりよいことではない。だから私はここは速歩で、いや、全速力で駆け抜けよう。

そう考えて元輔は、掛け声を掛け、馬の腹を蹴って全速力で駆け抜けようとしたのだが、突然にそんなことを言われて驚愕《きようがく》した馬が、白目を剝《む》き、ヒヒイーン、と嘶《いなな》いて後ろ足で立ち、そんなことになるとは思っていなかったうえ、もはや老人である元輔は真っ逆さまに落馬してしまった。

その様を見た殿上人たちは、「ああ、えらいこっちゃがな。年寄りが落馬しよったがな」と心配した。ところが幸いなことに、たまたま落ちようがよかったのだろう、元輔には怪我ひとつなく、それどころか、しまった。身分の高い人に見苦しいところを見せてしまった、と気を遣って、歳《とし》に似ぬ敏捷《びんしょう》な動作で立ち上がった。と、そこまではよかったのだが、このとき大変なことが起きてしまった。かぶっていた帽子が脱げてしまったのである。

というと、なんだそんなことか、と思うかも知れないが、あの頃は帽子をかぶらないで頭を丸出しにするということは非常に恥ずかしいことで、いまの感じで言うなら、ズボンを穿《は》かない、パンツ一丁で出歩く、いやさ、パンツすら穿かない、股間丸出しで町中を歩くのと同じくらいに恥ずかしいことであった。

そしてしかも、その露出した元輔の頭は丸禿《まるは》げ。つるつるの禿ちゃびんであった。尊い人たちの前でこんなものを露出するのは失礼だし、恥そのものである。

なので馬の轡《くつわ》を取っていた従者は慌てて帽子を拾い、背後からこれをかぶせようとした。

ところがどういう訳《わけ》か、元輔はこれを嫌って振り払った。従者は慌てて言った。

「振り払わないでください。私は帽子をかぶせて差し上げようとしているのです」

「わかっとるわ。おまはんは私に帽子をかぶせようとしている。そんなことは百も承知だ。そのうえで私は振り払っている。騒ぐでない」

「なぜですか」

「帽子をかぶる前に尊い方々に申し上げておくことがあるからだ」

そう言って元輔はつるつるの頭を露出させたまま殿上人たちの車の近くまで歩み寄った。

つるつるの頭に日光が反射して光っていた。頭をビカビカ光らせて真面目な顔をして歩いているオジンの姿が極度に滑稽で、その場にいた全員が爆笑した。腹を押さえ、地面をのたうち回る者も多くいた。

そんななか元輔は一台の車の近くに立ち止まり、大声で話し始めた。

「尊い方々。まことに失礼をいたしました。落馬して帽子を落とし、丸禿を露出した私をさぞかし愚かな奴とお思いでしょう。けれども、申し訳ありません、それは思い違いです。その理由をただいまより申し上げます。というのは、非常に用心深く、もしかしたら転倒するかも、と思いつつ歩いていても転倒するときはします。人間というものはときに転倒するものなのです。ましてや、馬に乗っているんですよ。馬というものは畜類でありまして、人間より知恵がありません。転倒するのは当たり前、というか、転倒しない方が逆に奇蹟《きせき》、と言っても過言ではないと私は思います。さらにです。足下を見てください。この道路、はっきり言ってでこぼこですよねぇ。馬からしたら、こんな道、無理、と思いますよ。それを無理矢理、手綱でコントロールして、馬には馬の歩きやすい方向や速度というものがあるのにもかかわらず、はい右、はい左、といく訳ですからね、そりゃあ、馬だって、切れますよ。もうやってられるかあ、みたいに。だから、馬を責めても駄目なんです。使いようによっては馬は実に有益な家畜であり、貴重な財産ですから。じゃあ、誰が悪いのか。私なのか、というとそれはそれでまた少し違うように思うんです。っていうのは、ほら、あの鞍《くら》、見てください、鞍。輸入の鞍でしょ。見てわかると思いますけど、あの輸入の鞍って妙に平べったくてホールド感、ぜんぜんないっていうか、鐙《あぶみ》に足、ほとんど掛からないんですわ。そしたらどうなります？　馬はぶち切れてるわ、鞍はホールド感ないわ、となったら、もう、絶対、落ちるでしょう。っていうか、落ちない人なんておらんでしょ。つまり、私が鈍くさいから落ちたのではなく、ひとつは道が悪い、ひとつは鞍が悪いから落ちたと、まあ、こういうことなんで、そこをまず理解してもらいたいんですね。それから次に帽子を落としたことについてですけど、ご存じのように私たちのかぶる帽子は顎紐《あごひも》などで結ぶのではなく、後ろの盛り上がったところに束ねた髪の毛を差し込んでピンで留める、という構造になっています。ところが見ての通り、私は禿です。丸禿です。差し込むべき髪の毛がまったくないのです。ということはどういうことかというと、帽子はまったく固定されず、ただ乗っかってバランスを保っているだけ、ということです。ね、落ちて当たり前でしょ。したがってこれはどうしようもないこと、不可抗力で、誰を責めることもできないのです。それにねぇ、もちろん、人前で頭を丸出しにするということは失礼なことではありません。しかし、前代未聞の不祥事かというと、そんなことはありません。あなた方はみな若いからご存じないかも知れませんが、某大臣が大嘗祭《だいじょうさい》の最中に帽子を落とした、某中納言があの年の行幸に供奉《ぐぶ》した際に落とした、なんて話は枚挙にいとまがありません。つまり先例が山ほどあるということですが、ご案内の通り、宮廷社会において重要なのは先例があるかどうかということで、先例があるということは許容されているということなので、先例がないんだったら別に侮辱してもらってもいいんですけど、この丸禿露出の件については先例がありますので、侮辱したら駄目なんです。っていうか、侮辱した人が逆に侮辱されますんで。あなたも、あなたも、そして、あなたも」

と、元輔は指を折って車の数を数えながら教え諭すように言ったのだった。

そしてすべて言い終わって初めて元輔は従者に、「帽子を持ってきなさい」と命じ、従者が持ってきた帽子を受け取ってかぶった。

その真面目くさって丸禿に帽子をかぶり、位置など微調整している様子がまたおかしく、その場に居た全員が大爆笑した。

主人がそのように笑われて従者は恥ずかしくてならず、帽子を渡す際、顔を真っ赤にして言った。

「あんた、なんで落ちてすぐ、私が差し出したときに帽子かぶらはらへなんだんです。なんで延々と丸禿を丸出しにしてあんな阿呆《あほ》なこと言いなはったんですか。笑われてまんがな。私は穴があったら入りたいような気分です」

周囲を憚《はばか》って小さな声で言う従者に元輔は、

「莫迦《ばか》なことを言わないでください。私の言ったのは誰が聞いても反論しようのない正論です。そうした正論で相手の珍論を完全に論破しておかないと、後々まで笑いものにされるんです。それが貴族社会というものなのです」

と大声で言った。

このように清原元輔はなにかとストレスが多い宮廷社会に常に笑いを齎《もたら》してくれる貴重な人材であった。

（第一六二話）

出雲寺の最高経営責任者がそれが転生した父と知りながら鯰《なまず》を殺して食べた話

かなり前。皇居の北の方に上《かみ》つ出雲寺《いずもじ》というお寺があった。創建から年月が経って、老朽化が甚だしく、建物が傾くような有様であったが、修理がなされないまま放置され、老朽化は進む一方だった。

なぜそんなことになっているのだろうか。責任者は誰なのだろうか。

それは上覚《じょうかく》という人で、上覚は寺の最高経営責任者であった。上覚は、寺になにかあったとき三分以内に駆けつけることができる距離に家を構えていた。

実は上覚の父親も最高経営責任者、そのまた父も最高経営責任者であった。

上つ出雲寺は世襲制度を採用していたのである。

しかし、それがよかったのかどうか。寺は加速度的に荒廃していった。

というとしょうむない寺のように聞こえるが、元は立派な寺で、実は伝教大師《でんぎょうだいし》ゆかりのお寺であった。

伝教大師が中国に行って勉強し、勉強なって、「さあ、いよいよ日本に帰って勉強したことを広めよう。しかし、そのためには本拠地としてのお寺が必要だが、どこに建てたらよいのだろうか」と考えたが、わからなかったので偉い人に聞きに行った。

「先生」

「なんですか」

「あの、寺をね、造ろうと思うんですけど、場所がわからんのです。ちょっと、どこがええか教えて貰《もら》えませんかね」

「あー、地図、持ってきたのね。はっはーん。こう山があって、こう川か。ほんでこっちが、また山で、ここが、皇居ね。なるほど、ここと、ここと、あ、ほなしるし付けたげるね。私の見たとこ、ここと、ここと、ここのうちのどれかがよいように思うね」

「おおき、ありがとう。ええっと、描いてくれはったんやね。ええ、なになに、あー、高尾と比叡山《ひえいざん》と上つ出雲に寺の画が描いたあるね。わっかりました。ところで、この三つのうちで一番ええのんはどこでっしゃろね」

「三つのうちで一番ええのはここや」

と、その偉い先生が指さしたのが実は、上つ出雲であったのである。しかし、先生は続けて言った。

「ここはねぇ、場所はええにゃけど問題がひとつあるね」

「なんだっしゃろ」

「土地的にはパワーあるけど、土地にパワーありすぎて人間が駄目になるかも」

「なるほど」

という訳《わけ》で伝教大師は比叡山を本拠地に決めたのだが、つまり、上つ出雲は隆昌《りゅうしょう》をきわめる比叡山と一緒に最終選考に残るくらいに尊い土地ということで、そんなところに建てられた寺なので、創建時はそれなりの規模感はあった。

にもかかわらずそんな悲しい感じになってしまっていたのである。

そんなある日、昼寝して上覚は亡父が現れる夢を見た。夢のなかの亡父は死んだときよりさらに老い、杖《つえ》をついてやっと歩いていた。亡父は、いや、どうも、久しぶりですなあ、お元気ですか、などと間抜けなことを言っている上覚に言った。

「元気な訳ないやろ。死んどんのんじゃ、こっちは。まあ、ええわ。今日はひとつおまえに頼みがあって出てきたんや」

「なんでしょうか、お父さん」

「明後日の午後二時頃に強風が吹いて寺が倒壊する」

「マジですか」

「マジだ。その際、驚くべきことが明らかになる」

「なんでしょうか」

「実はなあ、あの寺はもう長いこと雨漏りしてるでしょう」

「だだ漏りです」

「そのせいで屋根裏にプールみたいになって水が溜《た》まってる場所がある」

「マジですか」

「マジだ。そしてそのプールの中に長さ一メートルの巨大な鯰《なまず》が居る。その鯰は私だ」

「え、え、え? 意味わからんのですけど、ど、ど、どういうことですか」

「私は鯰に生まれ変わったのだ」

「え、お父さんが。鯰に? なんでまた、鯰なんかに」

「知らん。知らんがそういうことになってしまったのだ」

「あ、そうですか。で、どうです。鯰は? 楽しいですか」

「楽しいわけないだろう。つうか、まあまあ、鯰でも、ひろーい池のようなところでノンビリ暮らしてたらそれはそれで楽しいかも知らんが私の居るところは、暗くて狭い屋根裏の水たまり、雨が降りゃええが、お天気が続くと水も少なくなってくる。そらもう、辛《つら》い、苦しい生活じゃ。それでもまあ、なんとか頑張っていた。けれども、それももうお終《しま》いじゃ」

「なんでですか」

「なんでてそらそうやないか。寺が倒壊すんにゃで。寺が倒壊したのに屋根裏の水たまりだけそのまま、ちゅことないやろ。私は地面に投げ出される。投げ出されて、もがき苦しんでいるところを近所の若い奴らに見つかって撲殺される」

「そうなりますか」

「ああ、間違いなくそうなる。そこへおまえが偶然に通りがかる」

「通りがかるんですか」

「ああ、絶対に通りがかる。さあ、頼みというのはここじゃ。近所の若い奴らが撲殺するのをやめさせてくれ。そのうえで私を賀茂川《かもがわ》に放してくれ。そうすれば広くて水の心配のないところで楽しく暮らすことができる」

そう言うと上覚の父親は杖をついてどこへともなく去って行った。

目覚めて上覚は家の者に夢の話をした。「こんな夢を見たんだよ」と。家の者は、「いったいどういう象徴的な意味があるんでしょうね」と言い、みんなであれこれ議論して、その日は暮れた。

さあそして、その夢告《むこく》の日になった。午前中は晴れて、はは、やっぱり夢のお告げなんてもなあ、ないですね、と笑っていたのが、正午頃より急にあたりが暗くなって風が吹き始めた。忽《たちま》ちにして暴風となり、樹木がへし折れ、人家の屋根が飛んだ。人々は慌てふためき、あり合わせの板などで破れ目を覆い、また、戸を打ち付けるなどしたが、時間を追うごとに風は強くなり、聚落《じゅらく》の家は全滅、野山も竹木もみな倒れた。

老朽化した上つ出雲寺も夢告の通りに午後二時頃、倒壊、柱が折れ、屋根が崩れ落ちて、どうしようもない状態に成り果てた。

そして驚くべきことに倒壊した建物から大量の魚が飛び出て地面を跳ね回っていた。これも夢告の通りで、屋根裏に水たまりができ、そのなかに大量の魚が生息していたのである。

そのあたりに居た人は驚愕《きょうがく》したが、その一方で、この際、魚は貴重な食料である、ということに思いいたった者も多く居て、その者たちは桶《おけ》を持ってきて魚を拾い始め、それを見た者は、そうだ。口を開いて驚いている場合ではない。私も拾わないと損をしてしまう、と考え、慌てて桶を持ってきて魚を拾い始めた。

そうしてみなでキャアキャア言いながら魚を拾っていた、そのとき、倒壊した家屋の下から、なんという大きさであろうか、一メートルはあろうかという大鯰が、のさっ、と這《は》い出てきて、寺が倒壊したというので確認のため現地を訪れていた上覚の前によちよち近づいてきた。

これを見て上覚は呻《うめ》くように言った。

「夢告通り午後二時に大風で寺が倒壊し、夢告通りに倒壊した寺から鯰が出てきた。ということは、この鯰は父の生まれ変わり……」

そう言って上覚はしげしげと鯰をうち眺め、そしてまた呟《つぶや》いた。

「なんという浅ましい姿になってしまったのだろう。これが父だとは到底、思えない。っていうか、思いたくない。しかし、本人が言うのだから間違いはない。これは父だ。間違いなく父なのだ。それにつけても……」

そう言って上覚は、ふと黙った。顔から表情が消えた。目がどんよりと曇っていた。上覚はそこから先は言葉にせず、頭のなかで考えていた。

それにつけてもなんという大きさだ。しかも生活が苦しいとか言いながら丸丸と肥《ふと》って脂も乗っている。私、思うんだけれども、これを調味して食べたらどうなるだろうか。すっごく、すっごく、しっごく、しっごく、おいしいのではないだろうか。考えてみれば最近、そうした脂っ気のあるご馳走《ちそう》を食べていない。そのせいか身体の節々が痛んだり、また、特に力仕事をした訳でもないのに、肘に激しい痛みが走ることもある。おそらくは栄養が足りていないからそんなことになる。これを食べたらそういう症状もなくなるだろう。それに第一、めちゃくちゃにうまいに違いないのだ。私はどうしたらいいのだろうか。

そう思った次の瞬間、上覚は思いも寄らぬ行動に出た。

それは上覚本人にも予測できなかった行動だった。

気がつくと上覚は手に持っていた鉄の杖を大鯰の頭に突き立てていたのである。頭部に突然、鉄の杖を刺された鯰は暴れたくった。上覚はなんとかしてこれを抱え上げようとしたのだが、全力で巨大な鯰が暴れるので、とてもではないが抱え上げることができなかった。

上覚は脇に立っていた息子に言った。

「なにをぼうと突っ立っているのです。手伝いなさい」

「どうやって手伝ったらよいでしょうか」

「このままでは抱え上げることができません。手を貸してください」

「いいですが、抱え上げてどうするんですか」

「家に持って帰るに決まっているでしょう」

「家に持って帰ってどうするのですか」

「食べるに決まっているでしょう」

「わかりました。どうやったらとどめを刺せるでしょうか」

「そこに草刈鎌が落ちています。それで鰓《えら》のところを掻《か》き切りなさい。そうすれば死にます。急所ですから」

「わかりました」

そう言って息子は鯰を殺し、それから筵《むしろ》でくるんで縄で縛った。

「さあ、これで持ち運べます。持って帰りましょう」

「でも、ついでだからそこら辺に落ちている魚も拾って帰りましょうよ」

「それもそうですね。そうしましょう」

そう言って上覚と息子は大量の魚を拾い集め、寺の権威を振りかざしてそこいらにいたおばはんに手伝わせて大鯰と一緒に自宅に運び込んだ。

厨房《ちゅうぼう》に運ばれた大鯰の死骸を見て妻は絶句した。

即座にその鯰が上覚の父であると理解したからである。

妻は上覚に言った。

「なぜ殺したのですか。この鯰はあなたのお父さんではないですか。そして、お父さんに川に放してくれ、と頼まれていたのではないのですか。にもかかわらず殺したのはなぜですか」

妻はかなり激しい口調で言ったのだが、もはや、うまい鯰料理のこと以外考えられなくなっていた上覚はへらへらして言った。

「別にいいじゃありませんか。放っておいたら、よその若い者に食べられてしまうところを私が捕まえて食べるのですから。よその家の人に食べられるくらいなら、この家の人の栄養になった方が、お父さんもうれしいはずですよ。子孫の血肉になるのだから、いわば一種の再生可能食料です」

そう言って上覚は、大鍋にグラグラ湯を沸かし、そこへブツ切りにした鯰肉をぶち込み、いい感じに味付けをして、みんなでこれを食べた。

鯰は激烈にうまかった。うますぎて上覚は、「うまい。オヤジの肉、うまい。あと、この出汁が激烈にうまい」など言いながら、狂ったように食べた。

余の者がその狂態を呆《あき》れて見ていたところ、うまそうに食べていた上覚が突如としてて、げえっ、と叫んで立ち上がり、喉を押さえてもがき苦しみ始めた。

どうやら、あんまり勢いよく食べたものだから鯰の骨、それも巨大な骨が喉に突き刺さったようであった。

上覚はなんとかしてこれを吐き出そうとゲフゲフしたのだが、喉に突き刺さった骨は抜けず上覚はもがき苦しみながら、そのまま死んでいった。

上覚の妻はその後、鯰を見るといろんな思いが去来して胸がいっぱいになり、いっさい鯰を食べられなくなったらしい。

（第一六八話）

優婆崛多の弟子のこと

かなり前。印度《いんど》に釈迦《しやか》のお弟子の優婆崛多《うばくった》という聖《ひじり》がいらっしゃった。

その時点で釈迦如来が寂滅《じゃくめつ》なされて既に百年が経っていた。

その優婆崛多にも多くのお弟子がおられたが、優婆崛多はそのなかの特にひとりに、「ご婦人の近くに行ったらあきませんよ。行ったらえらい目に遭いますよ」とことあるごとに戒めておられた。

そのお弟子はそれが不満だった。

そのお弟子は、自分的にはけっこう修行も積んできた、っていうか、弟子のなかでも唯一、悟りを開いた聖者クラスだし、いまさらそんな初歩的なことを言われる筋合いはない、と思っていたのである。

そしてそれは自惚《うぬぼ》れではけっしてなかった。なぜなら、他のお弟子たちも、「なんで、師匠は兄さんばっかし注意すんにゃろ。私らが言われるのならわかるが、兄さんは私らのなかで一番、えらい人やんか」と訝《いぶか》っていたからである。

そんなある日、向こう岸の町に用があって、このお弟子が徒渉《としょう》、すなわち歩いて川を渡っていると、同じく歩いて川を渡っていた若い女の人が、流れに足を取られて流され始めた。

「きゃあ、たすけてー」

と、女の人はこのお弟子に助けを求めた。

最初、お弟子はこれを無視しようと思った。なぜなら、師の僧の、女の近くに寄るな、という戒めを思い出したからである。

しかし、そうこうするうちに女の人はどんどん流されていき、最初のうちは浮いたり沈んだりして苦しげにアップアップしていたのが、次第に沈んでいる時間の方が長くなってきた。

このまま見殺しにするのは、でも寝覚めが悪い。やむを得ない。助けよう。

そう思ったお弟子は一歩一歩、足を踏ん張って、ザブザブ、女の人に近づいていき、水面に突き出た白い手を、ぎゅっ、と握って、ぐいっ、と引っ張った。

ぷはあ。

ずぶ濡《ぬ》れの女の人が水面に顔を出した。

お弟子は、女の人の手を引いて安全な浅瀬まで移動し、「大丈夫ですか」と問うた。女の人は、「大丈夫です。ありがとう存じます」と答えた。

女の人は助かった。よかった。よかった。

なので、お弟子は女の人の手を放して、そんじゃあ、と言って、さっさと向こう岸に行けばよかった。けれどもお弟子は女の人の手を放したくなかった。

なぜなら、道心堅固に暮らしてきたお弟子にとって初めて触れる女体はあまりにも刺激的で、気色がよすぎたからである。

思い詰めたような顔をし、息を荒らげていつまでも手を放さない坊さんに女が言った。

「手を放してください」

そんな風に言われれば普通は放すのだけれども、若い女の色香に迷い、一時的に頭がおかしくなってしまったお弟子は聞かず、「前の世からの因縁なのでしょうか。いま知り合ったばかりなのにあなたのことが愛おしくてなりません。お願いです。やらせてください。お願いします。お願いします。頼むからやらせて」と恥ずかしげもなく言った。

えらげなお坊さんに宿縁とまで言われたからであろうか、あからさまな提案であるのにもかかわらず意外にも女は、「もう少しで死ぬところを助けていただいたのですから、そんなことでよろしいのであれば、存分になさっていただいてけっこうです」と答えた。

やりい。

お弟子は河原の萩《はぎ》や薄《すすき》の茂みの陰に女を引っ張っていった。そのとき足取りが極度にせわしなかった。

お弟子は女を押し倒し、女の両脚を押し広げ、自らも股間をモロ出しにして、女の脚と脚の間に、ぐいっ、と押しつけ、「ああっ、ごくらっきゃ」とかなんとか口走りつつ、女の口を吸おうと女に顔を近づけて、「どわああああああああああああああっ」と大声をあげた。

なにが起こったかわからなかった。

なんでそんなことになるのであろうか、お弟子がモロ出しの股間を押しつけ、腰をスコスコしているその相手がいつの間にか、女から老師・優婆崛多に入れ替わっていたのである。

「うわあああああっ、すみません」

恥ずかしさと悲しさと情けなさと気色悪さが自分のなかでグシャグシャになって、

もうどうしてよいかわからないお弟子はとりあえず飛びすさって土下座をしようとした。

ところが、老師・優婆崛多は、両脚でお弟子の胴を強く挟んで放してくれず、お弟子はなんとかして離れようともがくのだけれども、その力は凄まじく、びくとも離れない。

尻を丸出しにしてもがき苦しむお弟子に師の僧は言った。

「なんで私がおまえに陰茎を突っ込まれてスクスクされなあきませんの。しかしそれにしても、ええ格好ですねえ、尻丸出しで。あ、そういうたら、あなた悟りを開いた聖者らしいですねえ。やっぱちゃいますねぇ、悟り開いたら。尻丸出しで恥ずかしくないんですねぇ。いやあ、私らまだまだですわ。そんな恥ずかしい格好、ようせんもん」

言われたお弟子は、ますます恥ずかしくなって錯乱状態に陥り、訳のわからぬことを喚《わめ》きながら暴れ狂ったが、師の力は強く、胴締めはビクとも外れず、騒ぎを聞きつけて集まった人々は、この死ぬほど恥ずかしい姿を見て驚き、色欲に狂ったお弟子がモロ出しで老師に襲いかかったのだと知ったあとは、呆《あき》れつつも激しくお弟子を軽蔑し、僧云々《うんぬん》以前に人としてどうなのだろうか、という意見が続出した。

こうして見世物のように世間に弟子の恥ずかしい姿を世間にさらしたあと、ようやっと、胴締めを外した優婆崛多は精神が壊滅してグニャグニャになってしまったお弟子を連れて寺へ戻り、鐘を打ち鳴らして全山の僧を集め、一部始終を語った。

全山に爆笑の嵐が巻き起こった。悟りを開いたはずのお弟子は虚脱したようになってしまって、ものを言うことも身体を動かすこともできなかった。

しかしその後、頑張って立ち直り、一から修行し直して真の聖者になることができた。

優婆崛多は若い女に変身して弟子をだますことによって、思い上がった彼を真の仏道にお導きになったのであった。たあああっ。

（第一七四話）

盗跖と孔子の対話

これもかなり前。中国に柳下恵《りゅうかけい》という人が居た。大変に頭のよい人で、よい地位についていた。

その柳下恵に盗跖《とうせき》という弟が居た。山の中腹に砦《とりで》を構え、いろんなタイプの悪人を呼び集め配下となし、殺人、放火、略奪、拐《かど》わかしなどの悪事に手を染めていた。

配下は三千人に及び、警察も手出しできなかった。

殺人。強姦《ごうかん》。それ以外にも悪いことならなんでもやって、その悪評は国中に轟《とどろ》いていた。

そんなある日、柳下恵が近所を歩いていると、向こうから孔子が歩いてきた。

孔子というのは、そう、あの有名な孔子である。

なので、柳下恵は緊張し、また、困惑した。なぜなら、こんな偉い人と同じレベルで話ができる訳《わけ》がない、と思ったからである。そこで、とりあえず挨拶だけして通り過ぎようと考え、「あ、どうも孔子さん。ええお天気で」と、言おうと思ったその矢先に、孔子が言った。

「あ、どうも、柳下恵さん。今日はいいお天気ですね」

しまった。先に言われてしまった。と、柳下恵は慌てたが、言われてしまったものは仕方がない、「あ、これはこれは孔子さん、マジで今日はええお天気でござあすな。ところで今日はどこ行きでござりますか」と、言おうと思った、その矢先に孔子が言った。

「ところで、柳下恵さん。実はあなたにお目にかかって直接、お話ししたいことがあって、こうしてやってきたのですが、その様子はどこかへお出掛けですか」

言われた柳下恵は驚愕《きょうがく》して思わず言った。

「私に？　あんさんが？　お話？　マジですか。いえいえいえいえいえいえ、用、ちゅほどのことやおまへんねん。ちょっと用足しに出掛けようと思うておりましたんやけど、たいしたことやないんです。あんさんがお越しなのであれば、それはもう、はい、とりやめにさしていただきます。それはそうと、あなたのように偉いお方がわたしのような者のところへわざわざお越しになるというのは、いったいどういったご用でございましょうか」

「用のあるところを呼び止めて誠に申し訳ありません。話というのは他でもありません、柳下恵さん、端的に申し上げて、あなたの弟さんのことです。あなたの弟は、ありとあらゆる悪事を働いて、多くの人を不幸のどん底に叩《たた》き落としています。あなたはなぜそれをやめさせないんですか。兄なんだからそう言ってやめさせるべきではないでしょうか」

「孔子さん、すんません。いや。実は、やめさせようとしたんです。けど、あの弟ときたら私のことをすっかりなめているので、私の言うことなど、頭から聞く気がおまへんのです」

「なるほど。わかりました。じゃあ、私が参りましょう」

「なんでござります」

「あなたが言って聞かぬのであれば私が参って言い聞かせましょう、と言っているのです」

「それはやめてください。絶対にやめてください。なんでて、あんさん知らんさかいそんなこと言うてますけど、あれは、兄の私が言うのもなんですけど、野獣のような男ですよ。なにを言っても無駄なんですよ。っていうか、はっきり言いましょか。はっきり言いますよ。あなたねぇ、殺されますよ。滅相もないことです」

「野獣のような男は野獣ではありません。人間です。ここに善があり、悪があれば、自然に善に向かっていく。人間はそのようにデザインされています。おそらくいままで彼に向かって正しく善を説く者がなかったのでしょう。なので、悪い奴は悪いのだからなにを言っても無駄、というのは誤った考えです。まあ、見ていてご覧なさい。私が彼を善導してみせます」

そう言って孔子は柳下恵に住所を聞き、盗跖の館に出掛けていった。

馬から下りて門前に立って孔子は、なんかいやな感じだな、と思った。

門前に、様々の武器、拷問のための道具などが、置いてあったり、立てかけてあったり、放置されたりしていたからである。そしてそんな道具類のなかにはいったいなにに使用するのか、ちょっと見ただけでは見当のつかないものもあり、また、ゴミや酒瓶、植木鉢なども散乱していた。

門番のような者はおらず、ただ、骸骨のように痩せて、うつろな目をした男が門柱に凭《もた》れて膝を抱えていた。

孔子は一応、その男に声を掛けた。しかし、返事はなく、男は小刻みに震えつつ、涎《よだれ》を垂れ流すばかりであった。

苦笑いを浮かべて孔子が門のなかに入ると、どこからか、威嚇《いかく》的な雰囲気を意図的に発散している男が、四、五人、ワラワラと集まってきて孔子を取り囲み、口々に、「なんじゃあ、わりゃあ」「どこのもんじゃ、こらあ」と問い詰めた。

しかし、大聖人である孔子がそんなことで怯《ひる》むはずがない、あくまでも落ち着いて、「魯《ろ》の孔子、と申します。どうぞ盗跖さんにお取り次ぎを願いたい」

と言った。

孔子の考えでは、自分がそう言えば、「あ、孔子先生ですか。これはこれはお見それをいたしました。さ、さささささ、こちらへ」と、畏れ入り、腰をこごめて身体を半分に開いて上席へ案内する、ということになるはずだった。ところが、なんということだろうか、孔子が孔子と名乗ったのにもかかわらず、まったく畏れ入った様子もなく、「なにが、孔子じゃ、あほんだら。しばきあげたろか、こらあっ」「殺すど、こらあっ」などと罵り騒いでいるのである。

孔子は、むっ、とした。気分を害したのである。「私を誰だと思っているんだっ」と怒鳴り散らしたい気分だった。けれども孔子は大聖人なので、もちろん、そんな中小企業のワンマン社長や田舎代議士のようなことは言わず、あくまでも辞を低くして案内を請い続けた。

そうしたところ、奥から、「ええ騒がしいじゃん。狂ったうどん屋でも来たの？ え？ 魯の孔子？ 聞いたことあるな。使える奴だったらウチで働いてもらおうかな。使えなかったら殺すけど」と言いながら出てきた人があった。この人こそ誰あろう、盗跖その人であった。

孔子は態《わざ》とへりくだって挨拶をして席に着いた。そうしておいてあとで恐縮させようと思ったからである。さあ、そして孔子は間近に盗跖を見た。

異相の人であった。

まず髪型が普通ではなかった。

髪の毛というものは通常、重力にしたがって垂れ下がっているものであるが、盗跖の場合はそうでなく逆立って、まるで巨大なウニのようであった。また、目が極端に大きく、普通の人の四倍くらいあった。鼻翼が広がって、髭《ひげ》の先が反り返っていた。

この人においてはすべての末端が上昇している。しかし、口角は下がっている。このことの意味するもの、それは……、と考えて孔子は動揺した。わからなかったからである。

孔子が考えてわからないこと、自ら理論で説明できないことはこの世にひとつもないはずだし、実際にこれまでひとつもなかったからである。

な、なんとしたことだろう、と、狼狽《うろた》える孔子に盗跖が言った。

「で？」

「で、というのはどういうことでしょうか」

「あのさあ、俺、忙しいんだよね」

「ああ、悪いことをしてしまいましたね。それでは、急いで申し上げましょう。私はあなたに天地間の理《ことわり》をお教えしようと思って来たのです」

「なに、それ」

「私がここでそれがなにかについて説明するとまた長くなってしまいます。端的に申し上げましょう。おほん、おっほほん。ふぇ。ふぇっ。へっ。へっ。あああー、人の世にある様《やう》は道理をもて身の飾りとし心の掟《おきて》とするものなり。天をいただき地を踏みて四方を固めとし公を敬ひ奉る。下《しも》を哀れみて人に情けをいたすを事とするものなり。しかるに承《うけたまは》れば心のほしきままに悪しき事をのみ事とするは当時は心にかなふやうなれども終はり悪しきものなり。さればなほ人はよきに随《したが》ふをよしとす。しかれば申すに随ひていますかるべきなり。そのこと申さんと思ひて参りつるなり」

言い終わって孔子は、どうだ、という顔で盗跖を見た。盗跖は平然としていた。盗跖は言った。

「なんか、うまいよね、文語調。あと、歴史的仮名遣い」

孔子はむかついた。なぜこんなウニ頭のバカにそんな形で相対化されなければならないのか。けれども、わかった、わかりました。じゃあ、やろうよ。徹底的にやろうよ。もう、このガキ、徹底的に論破しないと気が済まない。

そう思った孔子は、相手のことをもの凄《すご》く大切に思っているのだけれども、土台、頭がよいのでつい尊大になってしまう、みたいな感じを意図的に醸し出して言った。

「うんうん。わかるわかる。そんな風に言いたくなる気持ち、すっごい、わかるんだよ」

「ですよね。だって、はっきり言って、孔子さんの話って、ぜんぜん、現実とリンクしてませんもんね」

「いや、それはない、っていうか、そうでもないんじゃないですか」

「いや、そうでしょう。例えば、孔子さんの好きな、尭《ぎよう》、舜《しゆん》、見てくださいよ、尭、舜。あの人たち、って、まあ、言ったら、天下とった訳じゃないですか。孔子さんの理論で言ったら、公、ってことじゃないですかあ。ってことは、いま言ったので言うと、みんなに敬われるってことですよねぇ、けどいま、俺は尭、舜の子孫、っていう人に会ったことありますう？　ないですよねぇ？　ってことは、尭、舜、の子供とかが誰かに滅ぼされたか没落した、ってことですよねぇ？　でも、普通、尊敬する人の子供だったら大事にするはずですよねぇ？　おかしくないですか？」

「まあ、それは、そうですね、理論値で言うとそういうことになりますけどね。ただ、実際の政治となるとまた、いろんな現実的な局面によって変わってくる場合があってなかなか一般化しにくい部分はどうしても出てくるんですけどね。だから、そういうことにいちいち左右されないために私などが存在してるんですけどね」

「あ、そうなんですね。でも、伯夷《はくい》、叔斉《しゅくせい》、って居たじゃないですかあ。これも孔子さん、よく理想化して言いますよねぇ、でも結局、あの二人も最後、悲惨だったじゃないですかあ。いくら高潔な生き方しても最後、飢え死にじゃあ意味なくないですか、孔子さん餓え死にした人、目の前で見たことあります？」

「いや、それはありませんけどね。けどまあ、なんて言うんだろう。人を傷つけて自分だけ生き延びる、っていうのはよくないっていうか、そんな感じかな。俺の場合」

「あ、マジでそう思いますう？」

「思いますね」

「じゃあ、ひとつ聞いていいですか。孔子さんの弟子の顔回《がんかい》、死にましたよねぇ。子《し》路《ろ》も死にましたよねぇ。孔子さん、生きてますよねぇ。それってどうなんでしょう」

「ぐぬぬ」

「って言うしかないわけでしょ。だからはっきりしたじゃないですか。孔子さんの言うとおりにした人はみんな現実で負けてるんですよ。っていうか、俺と孔子さんで考えてもそうじゃないですか。こんなこと言ってアレですけど、俺、すっげぇ、いい生活してますよ。でも、大聖人の孔子さんはどうなんですか。あちこちに政敵はいるし、権力と良好な関係、と言えば聞こえはいいけど、まあ、はっきり言って媚《こ》びて、なのに思ったようなポジションに就けず、つか、二回も失脚して、再就職先でもそんな感じだったじゃないですか。違いますう」

言われて孔子は黙して答えることができなかった。

「なんかバカ過ぎて殺すのも面倒くさくなってきたんで、すみません、帰ってもらえます？　交通費、出すんで。あ、そうだ、あの、太麵の件、どうなってる？」

そう言って、盗跖は孔子を見ず、また、挨拶もしないで席を立ち、孔子は屈辱に震えた。

帰途、孔子は大聖人たる自分を見失い、小娘か下司《げす》のするようなヘマを何度もしでかした。これを後の世の人は、「孔子倒れ」と言った。笑う。笑ける。

（第一九七話）

全集版あとがき

心が通じるおもしろい物語

『宇治拾遺物語』の翻訳は楽しい作業だった。実際に仕事を始めるまでは何百年も前に成立した説話集を現代語に訳してどんなことになるのか予想がつかず、心配・不安があったが、始めてみると、昔の人の笑い声が耳元に聞こえるような、出歩いている人や犬の笑い顔が見えるような心持ちになるくらいに楽しく、おもしろいことだった。「鬼に瘤《こぶ》取らるる事」(「奇怪な鬼に瘤を除去される」)「雀報恩《すずめほうおん》の事」(「雀が恩義を感じる」)なんてのは格別だった。

八百年とか九百年とか前の人の心はいまの人の心とはよほど違う、と普通は思うし、実際のところ、行事や風習や信仰のあり方、また、言葉遣いなどもいまとずいぶん違うはず。

にもかかわらずおもしろいのは、人の心がいろんなものにぶつかって振動したりはじけ飛んだりするその力の働きが昔もいまもあまり変わらないからだろう。

翻訳していて、こうしたことが最初、人の口によって話され、次に文字に書き留められ、いろんな人に写されるなどして、いま現在もこれを読めるのはすごいことだなあ、と思った。たかだか二十年前に私が書いた文章はハードディスクのなかで腐ってしまっていてもはや二度と読み出せないが、千年近く前の人々の心はこれまでもこれからも、『宇治拾遺物語』のなかで動作するのである。

そのことをたいへん尊いことと思いつつ翻訳するにあたっては心の動きに重きをおいて、それをわかりやすく描くために現代的な言い回しもところどころに用いた。

しかし、それをやり過ぎるとよろしくない部分があったというのは心と強く結びついて一体化したような言葉もあるからで、そういうものは別の言い方をするにしてもその結びつきが意識せられるような言い方にしたり、或《あ》るいは音としての響きをより重視するなどし、その配合と調節をするのがまた楽しい仕事だった。

そんなことをして心の動きがわかりやすいような工夫をしてみた。

その時代に使われた言葉をすべてそのまま使うのはまず不可能なことで、ならばこうした場合、ある程度、時間の経過によって、或いは、現代的な感受性によって間引かれた言葉を使うのがもっともよいということになるけれども、そうして生まれた情趣は、心の動きそのものとはまた趣の違った虚構となる。『宇治拾遺物語』を現代語訳し、宇治大納言《うじだいなごん》、なんていう言葉を打ち込む以上、一度くらい宇治に行った方がよいのではないか。そんなことはほとんど思わなかった。宇治というと私の場合、少年の頃読んだ、「宇治川の先陣争い」なんて話が頭に浮かぶが、訳している間はそんなことはあまり考えなかった。

では洛中《らくちゅう》はどうかというと、私の知っている昭和の終わり頃の京都と、例えば応天門の変なんて事件があった頃の京都はかなり違うだろうが、賀茂川《かもがわ》や東山《ひがしやま》はそのままあって、条坊《じょうぼう》というか、三条とか五条とか西洞院《にしのとういん》とかそんな地名も口にしていたので比較的、作中の人々とも心が通じた。

その段、難しかったのは、あの世、についてのことで、この世と少しずれて二重写しのようにあの世がある、と言われれば、マアそういうものかも知らん、と理解することはできても、昔の人のようにあの世を身に染みて感じることは実際のところあまりないし、その音信を受け取ることもほとんどない。

しかしそこのところをざっと通り過ぎてしまうと心が通じない部分が多くあり、それについては、反対に現代的な考えで読むと辻褄の合わぬ部分を凝視することによって自分の精神を変な感じにし、その変になった精神をパイプとして使い、また、継ぎ手の部分には言葉と心の中間物を糊《のり》として用いることで、なんとかパイプを繋《つな》いだ。うまく通っていない部分もあるのかも知れないのだけれども、この物語に出てくる人たち、そしてこの物語を読んでおもしろいと思ったこれまでの人たちと現代の読者の心が通じたらこんなにうれしいことはない。翻訳に関しては、小学館『新編日本古典文学全集(50)宇治拾遺物語』を参考にした。

文庫版あとがき

今から恰度《ちょうど》十年前に出た池澤夏樹個人編集「日本文学全集」の中に、『日本霊異記／今昔物語／宇治拾遺物語／発心集』があるが、そのうち、私が翻訳した「宇治拾遺物語」が今般、このような文庫に収められたというのはきわめて嬉《うれ》しいことである。刊行当時、「日本文学全集」はあちこちで話題になり、また随分と売れたらしいから、いずれ文庫になるものだとは思っていたが、私の翻訳はアホ丸出しなので文庫には入れて貰《もら》えないだろうと悲しく諦めていたので、その嬉しさは一入《ひとしお》である。

というのも私は文庫本が好きで、子供の頃より文庫本を偏愛、同級生は絵本や雑誌、図鑑やゾッキ本など多様な本を読んでいたが、私は頑なに文庫本だけを読み、さすがに今は普通の本も読むが、文庫本の方をより好む性質はまったく変わっていない。

文庫本のどこがそんなにいいのかと言うと、そのサイズ、別の言い方をするとその、小ささ、である。清少納言という方は、確か、枕さがし、とかいう題の本を書き、その中で、何も何も小さきものはみなうつくし、と言った。私もそう思う。私には清少納言の魂が宿っているのであろうか。

小さい物好きと言えば、私の友人にも小さいものを偏愛して、身の回りの一寸《ちょつと》したものから住む家に至るまで、すべてミニチュアサイズで揃えている者があった。名前はヨシオカだった。身を屈め、メルヘンチックな茶室のようなヨシオカの家で出てくる茶はショットグラスのような湯呑みに入っている。ヨシオカの家にショットグラスはなかったがもしあったら、軟膏の蓋《ふた》くらいのサイズであったであろう。そのヨシオカがおとどし亡くなった、ということを後で聞いた。背ぃの小さい可愛らしい感じの細君に教えられて墓に参った。だがなかなか見つけられない。何度も同じところをグルグル回ってようやっと見つけたヨシオカの墓は高さ五寸ほどの小さなものだった。というのは今、即座に考えた嘘の話である。「なんでそんな嘘を言うのか」「おもしろいかと思って」「思うな」

嘘と言えば、この文章の書き始めの、「今から恰度十年前に出た」というのも嘘である。嘘というか間違いである。しかし物語に於ける、今、というのは割と適当なもので、私がこれを書いている今とこれを読む人の今は間違いなく別のものである。だから、「今から恰度十年前」などと書くとなんのことやらわからなくなる。だから物語で、今、と言うときはそれが、いつの今なのか、を明らかにしなければならない。その段、「宇治拾遺物語」は明快で、大抵は冒頭で、「今は昔」と言い切っている。これにより読者は、「あ、これは昔の話なんやな」と思って話に入っていくことができる。

私らが子供の頃、昔話を読んだり聞いたりした際はしかし、こうは言わず、「昔、昔、あるところに」と、時間に場所を加えて物語の感覚ではなく此《こ》の世の現実の理窟に則って言うのが主流であった。それが染《し》みついているから、「今は昔」と言われると、「現在＝過去」と言われているような気になり、混乱して、「え？　え？」となる。これをどういう風にしたものかと心を砕いたのを懐かしく思い返す。

だけど今、新たに思うのは、むかし、って何だろう、ということである。「むか、し」なのか、「む、かし」なのか、はたまた、「む、か、し」なのか。中学生の頃、私は「清、少納言」のことを、「清少ナゴン」と認識・発音していたが。

古・いにしえ、というのは昔みたいに書いたら、いにしへ、つまり、去《い》にし辺、つまり、過ぎ去ったかつての時、ということである。むかし、は元は、それと同じで、むかひし、と言った。つまり、向かひし、だった。だけどそれは言いにくいので、いつしか、ひ、が取れて、むかし、となったのか。だけどおかしいのは、向かうのだったら、過去ではなく未来、ということになるのではないか、という点である。さっきも言ったが私は冒頭に、「今から恰度十年前」と書いた。広沢虎造はこれを、「今から恰度十年後」と表現する。どういうことかと言うと、時が前に進んでいるとすれば過去は後ろにあるということである。

にもかかわらず、前、と言って違和感がないのは、過去を前、と捉える感覚が我々の中に存するからである。それ故、「向かひし、で大丈夫なんだよ。今を去ること十年前、と言うのと同じ感覚なんだよ、今は昔、と言うのは」ということになる。過去は後ろにあるが、口で言うときは前になるのである、というのは今、即座に考えた嘘なのだが、実はそれが私たちの素直な感覚なのだろうか。わからない。私にはなにもわからない。今のことも昔のことも皆目わからない。そんな気持ちで翻訳したのにもかかわらず文庫に収めていただけたことは本当に嬉しくありがたく、感謝の気持ちでいっぱいである。ありがとうございます。すんません。こんな訳で。

解説

小峯和明

『宇治拾遺物語』は、『日本霊異記《りょういき》』や『今昔物語集』など日本の数多い説話集のなかでも、とりわけおもしろい作品である。話そのもののおもしろさはもとより、「一度にどっと笑った」と笑いで話が閉じられるように、軽妙洒脱《しゃだつ》な語り口が小気味よい。語り手が教訓など話の意味づけをあまりしないので、読者は気楽に物語世界に入り込める。結局何が言いたいのか分からず、読者を煙に巻く面もあり、まさに読みの愉楽を味わえるからでもある。作品の形態も二百話近くの中規模のもので、大作でもなく小品でもない、ほどよいスケールであることも関係するだろう。

しかも、時には密に、時には緩やかに、個々の説話が何らかの連想のつながりによって並べられ、巻ごとの定まったテーマによる構成がない。次から次へ様々な話が繰り出されるスタイルで、読者はどこからでも読み始めたり、気楽に読み飛ばすこともできるし、話と話のつながり方を見つけ、跡づけする連想ゲーム的な楽しみ方もできる。

だから、この作品は最初の第一話から最後の第一九七話まで、通し番号で話を指示するのがふさわしい。江戸時代の万治二年（一六五九）に出版された挿絵付きの十五巻本がベストセラーになって『宇治拾遺物語』の評価が定まるわけではあるが、この版本は話の連想や流れを無視して便宜的に巻五の第三話のごとく何巻の第何話という区分けをしていて、今もそれを踏襲する研究者が少なくない。しかし、この区分けは『宇治拾遺物語』の本質とはそぐわない。版本より古い写本では、単に二冊や四冊に分けているだけで、テーマごとに分類された巻ごとの編成をそなえた構造にはなっていないのである。

説話集というと、一般的には『今昔物語集』を筆頭に巻ごとにテーマが決まっていて、編者の趣旨に沿った話が整然と並べられ、しかも個々の話の意味づけが明確で、教訓や批評などが多く、読者は編者の企図や指示通りに読むことを強いられる。しかし、『宇治拾遺物語』にはそういう縛りがない。個々の話の意味づけも全くないわけではないが、過度の押しつけはなく、気楽に読めるのが最大の特徴であろう。

したがって、説示を旨とする「説話」というよりは、書名の通り自在な読みを可能とする「物語」に近い。くだけた平仮名書きの和文体であることも、「物語」にふさわしい。漢字片仮名交じりの生硬な『今昔物語集』とはこの点でも対照的である。教訓や説示性が強くないから、読者が個々の話をどう読むかは読者にゆだねられる。むしろ話をどう読むか、読者が試されている。いろいろおもしろい話を提供しながら、語り手は読者を煙に巻くような形で姿をくらましてしまう。とっつきやすいが、中に入り込んでいくと、その正体は杳《よう》としてつかめないのが『宇治拾遺物語』である。

成立は鎌倉時代の中頃、十三世紀前半頃とされる。著者についてはほとんど手がかりがない。この時代は、『宝物集《ほうぶつしゅう》』、『発心集《ほっしんしゅう》』、『閑居友《かんきょのとも》』、『撰集抄《せんじゅうしょう》』、少し遅れて『沙石集《しゃせきしゅう》』、『雑談集《ぞうたんしゅう》』などの仏教説話集をはじめ、『古事談』、『続古事談』、『十訓抄《じっきんしょう》』、『古今著聞集《ここんちょもんじゅう》』等々の貴族説話集が続出した時代であり、「説話集の時代」とされる。都の天皇や院、貴族ばかりでなく、鎌倉幕府の武家や京・奈良の寺社家などの権力体制が複合的に拮抗し合う時代で、新しい生き方や価値観が求められていた。生きる指針や処世法、拠るべき知恵や知識を提供する簡便で短小な話とその集積が必要とされていたのであろう。それら説話集群の中でも『宇治拾遺物語』は特異な光彩を放っている。『宇治拾遺物語』があるとないとでは説話の文学史の表情がまるで変わってしまうだろう。

『宇治拾遺物語』より百年ほど前に作られ、未完に終わった『今昔物語集』とは八十話も同じ話がある。全体の三分の一以上を占めるからそれなりの数で、そのおおもとが源隆国《たかくに》の『宇治大納言物語』とされる。これと同じ圏内の『古本説話集』や『打聞集《うちぎきしゅう》』などとも同文的な話が少なからずあり、さらに同時代に近い鎌倉期の貴族説話集『古事談』や『十訓抄《じっきんしょう》』とも近い話が多い。他に例がない『宇治拾遺物語』独自の説話は数十話である。独自の話題には登場人物から見て明らかに年代の新しい話も見られるし、有名なこぶとり爺や腰折れ雀の話のごとく昔話としてひろまり、年代想定の難しい話もある。

しかし、他の説話集と同じ話であっても、その語り口はおおいに異なる。文章の呼吸がまるで違う。『宇治拾遺物語』の語り口は平明でくだけたスタイルで読みやすい。『宇治拾遺物語』のおおきな特徴である。

説話集の多くは公的な編纂物であるから、文学史上、最初の説話集とされる景戒の『日本霊異記』を筆頭に、編者名が明確で序文がついて、各説話も部類され、その編成の趣旨や目的がはっきりしている。その一方で編者も企図も不明で、話を集めただけの説話集もあり、聞書きを集めただけの私的なものもある。『宇治拾遺物語』は右のような意味での公的な説話集とは言えないが、かといって私的な内輪の作とも言えない。それなりの読者を意識した手練《てだ》れの読み物と言える。

『宇治拾遺物語』の成立は謎に包まれているが、巻頭の序文がまたその謎をふくらませているようだ。『宇治拾遺物語』の序文でありながら、その前史である源隆国の『宇治大納言物語』の成立に記述が注がれる。藤原頼通《よりみち》が建てた名高い宇治の平等院、今日まで鳳凰堂が伝わるが、中世には「宇治の宝蔵」こと「一切経蔵」の方が有名で、様々に伝説化され幻想空間のようになっていた。その南側に「南泉房《なんせんぼう》」なる坊があった。そこに隆国が暑い時期隠棲して道行く人を呼び集めては話をさせ、それを書き留めたのが『宇治大納言物語』だ、という。この本はいつの頃か散逸してしまい、現在には伝わらないから、真偽の程は不明で、それ自体一つの説話になっている。この序文そのものが『宇治拾遺物語』編者の作った話だ、という偽作（戯作）説まであるほどだ。宇治は京都と奈良の往還の要衝で、行き交う人も多く、あり得ない話でもなさそうで、げんに「南泉房」は僧俗交談の場であったらしいことが記録類から確認できる。

この『宇治大納言物語』が広く読まれ、いろいろ写されて、隆国没後の後代の説話も交じって集成されたのが『宇治拾遺物語』だ、という説明になっている。異国の話もあり、面白い話、変な話等々、多種多様だという内容の説明も、『宇治拾遺物語』そのものとだぶっている。だから、『宇治拾遺物語』は『宇治大納言物語』の「拾遺」

だ、という話にもなる。げんに『宇治拾遺物語』には登場人物の年代などから見て、明らかに隆国没後の話が入っている。

また、やっかいなことに「拾遺」という言葉は、別に天皇の側近「侍従」の中国式の呼称（唐名）でもあった。だから、『宇治拾遺物語』は『宇治侍従物語』でもあったことになる。序文には隆国の子孫の俊貞が「侍従」で正本を所持していたという説明があるが、隆国自身も「侍従」を兼任していた。この「侍従」職には、猿楽芸にも通ずる滑稽な技を見せる面もあったようで、『宇治拾遺物語』の特性にもかなっていて、拾遺＝侍従説も捨てがたい。双方の説を無理に二者択一で考える必要はないだろう。「侍従」の意味でも、拾い残しの意味でもよい。多義的な含みをもたせることがむしろ『宇治拾遺物語』にふさわしい。

隆国は話の聞き手かつ聞書きの筆録者であった。だから、書名は「宇治大納言」のまとめた、「宇治大納言」が語る「物語」だ、ということになる。問題は『宇治大納言物語』そのものが現存していないことにある。謎が謎を呼ぶ原因もそこにある。しかも後世の作品や資料に「宇治大納言物語に云う」という形でいくつかの説話が引かれ、今日の『宇治拾遺物語』や『今昔物語集』に見られる例と、他にまったく同類話を見いだせない例とがある。

江戸時代にはこの『宇治大納言物語』も、『宇治拾遺物語』や『今昔物語集』も一緒くたにみなされていたが、今は全く別の作品であることは常識で、『宇治拾遺物語』や『今昔物語集』と共通する話の大元が『宇治大納言物語』であろうこともほぼ通説となっている。げんに、隆国の活躍する平安時代後期、十一世紀後半あたりの何か作品がないと、それを引き継いだ『今昔物語集』や『宇治拾遺物語』の形成はあり得なかっただろう。

文学史上それほど重要な作がなぜ残らなかったのか、これもまた不思議である。私は『宇治大納言物語』を引き継いだ『宇治拾遺物語』が隆国以後の面白い話を集めて新しい世界を開いていたため、結果として『宇治大納言物語』は読まれなくなって消えてしまい、『宇治拾遺物語』が残ったのだろうと考えているが、仮説の域を超えない。

『宇治大納言物語』に合わせて着目されるのが、同じ隆国が主導して編纂した『安養集』という書物である。これは当時はやった阿弥陀仏の西方極楽浄土への往生を願う浄土教のひろまりに応じて、隆国が僧侶らを集めて南泉房で浄土教の経典類の要文を編纂したものである。こちらは写本が伝存しており、そこでは隆国のことを「南泉房大納言」と呼んでいる。「南泉房」そのものの遺構も、一九九七年の発掘によって明らかになっている。

平等院はもともと三井寺の末寺で天台宗とのつながりが強く、隆国は『安養集』の編纂プロジェクトの総帥であった。さらに、還暦を過ぎてから中国に渡って天台山や五台山を巡り、北宋の都開封で皇帝の前で雨乞いの祈禱に成功する成尋阿闍梨《じようじんあじやり》は、隆国の甥であり、中国にこの『安養集』の写本を持参し、中国僧に披瀝している（『参天台五台山記』）。隆国の南泉房での『宇治大納言物語』制作説は、『安養集』編纂のパロディのような面を持っている。

いずれにしても、『宇治拾遺物語』は十五世紀の室町時代には読まれていた痕跡（『実隆公記』他）があるが、その後ふつりと享受史はとだえる。そして江戸時代の出版文化の初期、十七世紀初めに古活字版として刊行される。すでにそれだけ読まれていて人気があったのだろう。ついで先にふれた万治年間の絵入り版本の刊行で広く読まれるようになる。『愚痴《ぐち》拾遺物語』『無事志有意《ぶじしゆうい》』『宇治拾遺煎茶友《せんちやのとも》』など書名をもじった本の刊行や、複数の『宇治拾遺物語絵巻』の制作等々、近世の文学界に影響力を持つにいたる。

そして近代になって大正期、芥川龍之介らの創作によって、『今昔物語集』や『宇治拾遺物語』はあらたな生命を与えられ、今日、古典として読み継がれている。

この度の町田康訳によって、『宇治拾遺物語』はさらに新しい息吹を受けて甦ったように思われる。現代版『宇治拾遺物語』として二十一世紀にその名を刻むであろうが、『宇治拾遺物語』が作られた当時も、町田訳のような斬新で軽妙な語り口調のイメージが話題になったであろう。古典のおもしろさは、決して一律の固定的なものではなく、そのような時代ごとに多様な読み替えがなされるところにある。

また、町田訳の特色は、口語体の軽妙さと原作の本文では見られない行間を読むおもしろさにもあり、それが独特の雰囲気を醸し出しているところにもあるだろう。訳文の自在さはそれだけ読者を『宇治拾遺物語』という作品に近づけ、引き寄せる上で絶大な効果を持っている。惜しむべくは、訳されたのが二百話近くある話のわずか三十三話の抜粋に止まっていることだ。あの話もこの話も町田訳だとどうなるだろうか、と気になってならない。『宇治拾遺物語』が読み継がれていくためにも、町田氏による全訳を切望したいものである。

（こみね・かずあき／日本文学研究者　中世文学）

本書は、二〇一五年九月に小社から刊行された『日本霊異記／今昔物語／宇治拾遺物語／発心集』（池澤夏樹＝個人編集 日本文学全集08）より、「宇治拾遺物語」を収録しました。文庫化にあたり、一部修正し、あとがきと解説を加えました。

宇《う》治《じ》拾遺《しゅうい》物語《ものがたり》

二〇二四年 四 月一〇日 初版印刷
二〇二四年 四 月二〇日 初版発行

訳 者 町田《まちだ》康《こう》
発行者 小野寺優
発行所 株式会社河出書房新社
〒一五一‐〇〇五一
東京都渋谷区千駄ヶ谷二‐三二‐二
電話〇三‐三四〇四‐八六一一（編集）
〇三‐三四〇四‐一二〇一（営業）
https://www.kawade.co.jp/

ロゴ・表紙デザイン 粟津潔
本文フォーマット 佐々木暁
本文組版 KAWADE DTP WORKS
印刷・製本 中央精版印刷株式会社

Printed in Japan ISBN978-4-309-42099-8

河出文庫 古典新訳コレクション

古事記　池澤夏樹〔訳〕
百人一首　小池昌代〔訳〕
竹取物語　森見登美彦〔訳〕
伊勢物語　川上弘美〔訳〕
源氏物語1〜8　角田光代〔訳〕
堤中納言物語　中島京子〔訳〕
土左日記　堀江敏幸〔訳〕
枕草子1・2　酒井順子〔訳〕
更級日記　江國香織〔訳〕
平家物語1〜4　古川日出男〔訳〕
日本霊異記・発心集　伊藤比呂美〔訳〕
宇治拾遺物語　町田康〔訳〕
方丈記・徒然草　高橋源一郎・内田樹〔訳〕
能・狂言　岡田利規〔訳〕
好色一代男　島田雅彦〔訳〕
雨月物語　円城塔〔訳〕
通言総籬　いとうせいこう〔訳〕
春色梅児誉美　島本理生〔訳〕
曾根崎心中　いとうせいこう〔訳〕
女殺油地獄　桜庭一樹〔訳〕
菅原伝授手習鑑　三浦しをん〔訳〕
義経千本桜　いしいしんじ〔訳〕
仮名手本忠臣蔵　松井今朝子〔訳〕
松尾芭蕉 おくのほそ道　松浦寿輝〔選・訳〕
与謝蕪村　辻原登〔選〕
小林一茶　長谷川櫂
近現代詩　池澤夏樹〔選〕
近現代短歌　穂村弘〔選〕
近現代俳句　小澤實〔選〕

＊以後続巻
＊内容は変更する場合もあります

源氏物語　1

角田光代〔訳〕　41997-8

日本文学最大の傑作を、小説としての魅力を余すことなく現代に甦えらせた角田源氏。輝く皇子として誕生した光源氏が、数多くの恋と波瀾に満ちた運命に動かされてゆく。「桐壺」から「末摘花」までを収録。

源氏物語　2

角田光代〔訳〕　42012-7

小説として鮮やかに甦った、角田源氏。藤壺は光源氏との不義の子を出産し、正妻・葵の上は六条御息所の生霊で命を落とす。朧月夜との情事、紫の上との契り……。「紅葉賀」から「明石」までを収録。

源氏物語　3

角田光代〔訳〕　42067-7

須磨・明石から京に戻った光源氏は勢力を取り戻し、栄華の頂点へ上ってゆく。藤壺の宮との不義の子が冷泉帝となり、明石の女君が女の子を出産し、上洛。六条院が落成する。「澪標」から「玉鬘」までを収録。

源氏物語　4

角田光代〔訳〕　42082-0

揺るぎない地位を築いた光源氏は、夕顔の忘れ形見である玉鬘を引き取ったものの、美しい玉鬘への恋慕を諦めきれずにいた。しかし思いも寄らない結末を迎えることになる。「初音」から「藤裏葉」までを収録。

源氏物語　5

角田光代〔訳〕　42098-1

栄華を極める光源氏への女三の宮の降嫁から運命が急変する。柏木と女三の宮の密通を知った光源氏は因果応報に慄く。すれ違う男女の思い、苦悩、悲しみ。「若菜（上）」から「鈴虫」までを収録。

平家物語　1

古川日出男〔訳〕　41998-5

混迷を深める政治、相次ぐ災害、そして戦争へ——。栄華を極める平清盛を中心に展開する諸行無常のエンターテインメント巨篇を、圧倒的な語りで完全新訳。文庫オリジナル「後白河抄」収録。

平家物語　2

古川日出男〔訳〕　42018-9

さらなる権勢を誇る平家一門だが、ついに合戦の火蓋が切られる。源平の強者や悪僧たちが入り乱れる橋合戦を皮切りに、福原遷都、富士川の遁走、奈良炎上、清盛入道の死去……。そして、木曾に義仲が立つ。

平家物語　3

古川日出男〔訳〕　42068-4

平家は都を落ち果て西へさすらい、京には源氏の白旗が満ちる。しかし木曾義仲もまた義経に追われ、最期を迎える。宇治川先陣、ひよどり越え……盛者必衰の物語はいよいよ佳境を迎える。

平家物語　4

古川日出男〔訳〕　42074-5

破竹の勢いで平家を追う義経。屋島を落とし、壇の浦の海上を赤く染める。那須与一の扇の的で最後の合戦が始まる。安徳天皇と三種の神器の行方やいかに。屈指の名作の大団円。

古事記

池澤夏樹〔訳〕　41996-1

世界の創成と、神々の誕生から国の形ができるまでを描いた最初の日本文学、古事記。神話、歌謡と系譜からなるこの作品を、斬新な訳と画期的な註釈で読ませる工夫をし、大好評の池澤古事記、ついに文庫化。

伊勢物語

川上弘美〔訳〕　41999-2

和歌の名手として名高い在原業平（と思われる「男」）を主人公に、恋と友情、別離、人生が描かれる名作『伊勢物語』。作家・川上弘美による新訳で、125段の恋物語が現代に蘇る！

更級日記

江國香織〔訳〕　42019-6

菅原孝標女の名作「更級日記」が江國香織の軽やかな訳で甦る！東国・上総で源氏物語に憧れて育った少女が上京し、宮仕えと結婚を経て晩年は寂寥感の中、仏教に帰依してゆく。読み継がれる傑作日記文学。

百人一首
小池昌代〔訳〕 42023-3

恋に歓び、別れを嘆き、花鳥風月を愛で、人生の無常を憂う……歌人百人の秀歌を一首ずつ選び編まれた「百人一首」。小池昌代による現代詩訳と鑑賞で、今、新たに、百人の「言葉」と「心」を味わう。

好色一代男
島田雅彦〔訳〕 42014-1

生涯で戯れた女性は三七四二人、男性は七二五人。伝説の色好み・世之介の一生を描いた、井原西鶴「好色一代男」。破天荒な男たちの物語が、島田雅彦の現代語訳によってよみがえる！

仮名手本忠臣蔵
松井今朝子〔訳〕 42069-1

赤穂浪士ドラマの原点であり、大星由良之助（＝大石内蔵助）の忠義やお軽勘平の悲恋などでおなじみの浄瑠璃、忠臣蔵。文楽や歌舞伎で上演され続けている名作を松井今朝子の全訳で贈る、決定版現代語訳。

現代語訳 古事記
福永武彦〔訳〕 40699-2

日本人なら誰もが知っている古典中の古典「古事記」を、実際に読んだ読者は少ない。名訳としても名高く、もっとも分かりやすい現代語訳として親しまれてきた名著をさらに読みやすい形で文庫化した決定版。

現代語訳 日本書紀
福永武彦〔訳〕 40764-7

日本人なら誰もが知っている「古事記」と「日本書紀」。好評の『古事記』に続いて待望の文庫化。最も分かりやすい現代語訳として親しまれてきた福永武彦訳の名著。『古事記』と比較しながら読む楽しみ。

現代語訳 竹取物語
川端康成〔訳〕 41261-0

光る竹から生まれた美しきかぐや姫をめぐり、五人のやんごとない貴公子たちが恋の駆け引きを繰り広げる。日本最古の物語をノーベル賞作家による美しい現代語訳で。川端自身による解説も併録。

現代語訳 徒然草

吉田兼好　佐藤春夫〔訳〕　40712-8

世間や日常生活を鮮やかに、明快に解く感覚を、名訳で読む文庫。合理的・論理的でありながら皮肉やユーモアに満ちあふれていて、極めて現代的な生活感覚と美的感覚を持つ精神的な糧となる代表的な名随筆。

現代語訳 歎異抄

親鸞　野間宏〔訳〕　40808-8

悩める者や罪深き者を救う念仏とは何か、他力本願の根本思想とは何か。浄土真宗の開祖である親鸞の著名な法話「歎異抄」と、手紙をまとめた「末燈鈔」を併録。野間宏の名訳で読む分かりやすい現代語の名著。

現代語訳 義経記

高木卓〔訳〕　40727-2

源義経の生涯を描いた室町時代の軍記物語を、独文学者にして芥川賞を辞退した作家・高木卓の名訳で読む。武人の義経ではなく、落武者として平泉で落命する判官説話が軸になった特異な作品。

桃尻語訳　枕草子　上

橋本治　40531-5

むずかしいといわれている古典を、古くさい衣を脱がせて、現代の若者言葉で表現した驚異の名訳ベストセラー。全部わかるこの感動！　詳細目次と全巻の用語索引をつけて、学校のサブテキストにも最適。

桃尻語訳　枕草子　中

橋本治　40532-2

驚異の名訳ベストセラー、その中巻は——第八十三段「カッコいいもの。本場の錦。飾り太刀。」から第百八十六段「宮仕え女（キャリアウーマン）のとこに来たりなんかする男が、そこでさ……」まで。

桃尻語訳　枕草子　下

橋本治　40533-9

驚異の名訳ベストセラー、その下巻は——第百八十七段「風は——」から第二九八段「『本当なの？　もうすぐ都から下るの？』って言った男に対して」まで。「本編あとがき」「別ヴァージョン」併録。

現代語訳 南総里見八犬伝　上

曲亭馬琴　白井喬二〔現代語訳〕　40709-8

わが国の伝奇小説中の「白眉」と称される江戸読本の代表作を、やはり伝奇小説家として名高い白井喬二が最も読みやすい名訳で忠実に再現した名著。長大な原文でしか入手できない名作を読める上下巻。

現代語訳 南総里見八犬伝　下

曲亭馬琴　白井喬二〔現代語訳〕　40710-4

全九集九十八巻、百六冊に及び、二十八年をかけて完成された日本文学史上稀に見る長篇にして、わが国最大の伝奇小説を、白井喬二が雄渾華麗な和漢混淆の原文を生かしつつ分かりやすくまとめた名抄訳。

八犬伝 上

山田風太郎　41794-3

宿縁に導かれた八人の犬士が悪や妖異と戦いを繰り広げる雄渾豪壮な『南総里見八犬伝』の「虚の世界」。作者・馬琴の「実の世界」。鬼才・山田風太郎が二つの世界を交錯させながら描く、驚嘆の伝奇ロマン！

八犬伝 下

山田風太郎　41795-0

仇と同志を求め、離合集散する犬士たち。息子を失いながらも、一大決戦へと書き進める馬琴を失明が襲う——古今無比の風太郎流『南総里見八犬伝』、感動のクライマックスへ！

室町お伽草紙

山田風太郎　41785-1

足利将軍家の姫・香具耶を手中にした者に南蛮銃三百挺を与えよう。飯綱使いの妖女・玉藻の企みに応じるは信長、謙信、信玄、松永弾正。日吉丸、光秀、山本勘介らも絡み、痛快活劇の幕が開く！

婆沙羅／室町少年倶楽部

山田風太郎　41770-7

百鬼夜行の南北朝動乱を婆沙羅に生き抜いた佐々木道誉、数奇な運命を辿ったクジ引き将軍義教、奇々怪々に変貌を遂げる将軍義政と花の御所に集う面々。鬼才・風太郎が描く、綺羅と狂気の室町伝奇集。

信玄忍法帖

山田風太郎　41803-2

信玄が死んだ⁉　徳川家康は真偽を探るため、伊賀忍者九人を甲斐に潜入させる。迎え撃つは軍師山本勘介、真田昌幸に真田忍者！　忍法春水雛、煩悩鐘、陰陽転…奇々怪々な超絶忍法が炸裂する傑作忍法帖！

外道忍法帖

山田風太郎　41814-8

天正少年使節団の隠し財宝をめぐって、天草党の伊賀忍者15人、由比正雪配下の甲賀忍者15人、大友忍法を身につけた童貞女15人による激闘開始！怒濤の展開と凄絶なラストが胸を打つ、不朽の忍法帖！

妖櫻記　上

皆川博子　41554-3

時は室町。嘉吉の乱を発端に、南朝皇統の少年、赤松家の姫、活傀儡に異形ら、死者生者が入り乱れ織り成す傑作長篇伝奇小説、復活！

妖櫻記　下

皆川博子　41555-0

阿麻丸と桜姫は京に近江に流転し、玉琴の遺児清玄は桜姫の髑髏を求める中、後南朝の二人の宮と玉璽をめぐって吉野に火の手が上がる……！　応仁の乱前夜を舞台に当代きっての語り手が紡ぐ一大伝奇、完結篇

天下奪回

北沢秋　41716-5

関ヶ原の戦い後、黒田長政と結城秀康が手を組み、天下獲りを狙う戦国歴史ロマン。50万部を超えたベストセラー〈合戦屋シリーズ〉の著者による最後の時代小説がついに文庫化！

裏切られ信長

金子拓　41868-1

織田信長に仕えた家臣、同盟関係を結んだ大名たちは“信長の野望”を恐れ、離叛したわけではなかった。天下人の“裏切られ方”の様相を丁寧に見ると、誰も知らなかった人物像が浮上する！